ブギーポップ・アンバランス
ホーリィ&ゴースト
上遠野浩平
Kouhei Kadono
イラスト●緒方剛志
Kouji Ogata

YEAHガールズ&ボーイズ！
君たちは犯罪が好きかい？
我が名はスリム・シェイプ
自慢じゃないがボクは平和主義者でね
荒っぽいことは大の苦手だ
しかし君たちがどうしてもって言うのなら
考えないこともない
めくるめくスリルとサスペンス
血と暴力と大金と謀略が渦巻く犯罪のオンパレード
そこに君たちを御案内しよう！

そこは気の抜けるようなシンプルな世界
何も信じなくていいから裏切られることもなく
未来なんか最初《ハナ》っから無いから悩むこともなく
周りのヤツらはみんなカモでネギだ
気に食わないヤツも
気のいいヤツも

気の違ったヤツも
気を悪くしたヤツも
気のせいなヤツも
みんな君たちの前では馬鹿ヅラ下げた獲物に過ぎない
掠め取れ
奪い取れ
騙し取れ
大切にしているモノも
投げ捨てたいと思ってるモノも
かまうこたねーから根こそぎヒッ掴んでサラって来ちまえ
悪党に情けは無用だ
悪党に遠慮は無用だ
それが君たちの流儀だ
HEYそうとも
我等が悪の英雄ホーリィ&ゴースト！
君たちは自由《フリーダム》だ
君たちは豪華《ゴージャス》だ
君たちは勇者《ヒロイック》だ
世界なんぞ二人で踏みつぶしてしまえ！
ただし――死神にだけは気ィ付けた方がいいかも、な

「悪事ってのも――案外、退屈なもんねぇ」

「退屈じゃない仕事なんてねーよ」

「大金ていうのも――どってことないもんねぇ」

「何かと交換しなきゃ、こんなもん紙屑だろ」

「…………」

「――――」

「ねえ、あんたって――何かに動揺するコトってあるの」

「あんたの突拍子もない性格には、割とビビッてるぜ」

「――それは、どー考えてもこっちの科白なんだけど？」

ロック・ボトムは夢を見る
いつか静かな日々が来るのだろうか
もしも皆が同じ場所に立ち
緑豊かな大地が息を吹き返したとき
もはや争いはなく
ただ静寂が世界に満ちるような

ロック・ボトムは歌を聞く
奥深いところから洩れるその囁きは
地上の誰もがその下にあり
忘れてしまったそれを思い出すとき
はっと我に返って
思わず両膝をついて祈るような

ロック・ボトムは海を想う
それは永遠の片想いの有様にも似て
伸ばした手は決して届かず
交わること叶わぬ境界が揺れるとき
淵から身を投げて
生まれたことを懺悔するような

ロック・ボトムは夢を見る
見る夢の真実《まこと》は誰も知らぬ

Design Yoshihiko Kamabe

二人以上共同して犯罪を実行した者は、すべて正犯とする。

——〈刑法第六〇条〉

「たとえば、よ――」

その女は優雅な口調で喋《しゃべ》りだした。

「たとえば、ここにキツネとウサギがいたとする――ウサギはキツネに食べられたくなくて、必死で逃げるけど、キツネの方が足も速いしスタミナもある。さあどうしよう？」

妙に人なつっこい笑みを浮かべて、彼女は濱田《はまだ》と結城《ゆうき》に話しかけてくる。

「…………」

二人は返事をしない。

周囲は廃墟だ。かつて大きな工場だったその土地には今、地の底につながる巨大な穴がぽっかりと口を開けているだけだ。あちこちから黒い煙が立ち上っていて、澱《よど》んだ空に消えていく。

「どうすればいいと思う？　ウサギに助かる道はあるのかしら？　ん？」

女はからむように、さらに訊《き》いてきた。

だが二人は答えない。

というよりも、始めから結城の方は答えられる状態にない。気絶し、口元から血を流している彼は彼女に背負われた状態で、ぴくりとも動かない。

濱田の方も、その彼の重みで足が若干だが震え始めている。

二人とも埃《ほこり》と血にまみれている。自分の血と、敵からの返り血と、それらは二人をどす黒く汚している。

「…………」

それに対して、女の方は全くの無傷――どうやらオートクチュールらしきぱりっとしたスーツに引っ掻《か》き傷ひとつない。

その手に握られた拳銃を除けば、まったく暴力を連想させるものはない。

その拳銃の銃口は、さっきからずっと二人に向けられたままだ。

「…………」

それに対抗する手段のない濱田は黙り込んで、彼女の背にある結城は依然として覚醒《かくせい》する気配がない。

彼女と彼はしょせん――ただの十八歳と十七歳のガキだ。本物の暗殺者が目の前にいたら、やれることは何もない。

逃げることもできず、ただ茫然《ぼうぜん》と立ちつくすだけだ。

「逃げられないウサギはどうしたらいいのか――実は、これは問題の立て方から間違っている」

女は首を揺らしながら、ご機嫌な口調で喋っている。

「要するに、追いかけっこが始まった時点でウサギの死は確定しているのだから、追いかけられないように、キツネが走り出す前に逃げていなければならないわけよ。わかる？　つまりウサギが助かる道は、キツネが自分を追いかけようという気になる位置には入らない――それがウサギの生きる道。ね？」

身体のあちこちが、喋りながらジェスチャーのように動くのだが、銃口だけはまったくぴくりとも揺れない。

いつでも二人を撃ち殺す、その体勢を決して崩さない。

「で——あなたたち二人はキツネかしら。それともウサギの方かしら？」

「…………」

「ウサギだとしたら——あなたたちは少しキツネの領域に近づきすぎたようね。もう、ここまで来たら逃げても無駄——この領域に足を踏み入れた時点で死は確定している。……もっとも」

女はここで笑いを消した。

「犯した罪は詐欺《さぎ》をはじめ窃盗《せっとう》、強盗、交通違反、器物損壊、その他諸々数知れず——〝暴走する犯罪カップル〟〝血に飢えた恋人たち〟と世に名高い〈ホーリィ&ゴースト〉としては、自分たちはキツネどころかオオカミだ——とか言いたいかしらね？」

嫌味がかった言い方に、しかし濱田は無反応だ。

そして彼女は、疲れで澱みきった眼を上げて、その女を見つめた。

「あんたは……」

「ん？」

「あんたは……その、オオカミなの？　それとも——」

「それとも——なに？」

女はやや眉《まゆ》をひそめて訊いた。

だが濱田は、もうそれ以上口にしなかった。

しかし彼女の心の中では、質問は明解に言葉として浮かんではいた。言っても仕方がないと思ったので、言わなかったのだ。

彼女は、この目の前に現れた殺し屋に、

〝もしかして、あんたはブギーポップなのか？〟

〝人間が最も美しいときに、それ以上醜《みにく》くなる前に殺してくれるともっぱらの噂《うわさ》の、その死神なのか？〟

……と、それを訊いてみたかったのである。

Boogiepop Unbalance

ホーリィ&ゴースト

Holy and Ghost are
steeped in plastic crimes

【第一犯例】

窃盗

他人の財物を窃取した者は、窃盗の罪とし、十年以下の懲役に処する。

〈刑法第二三五条〉

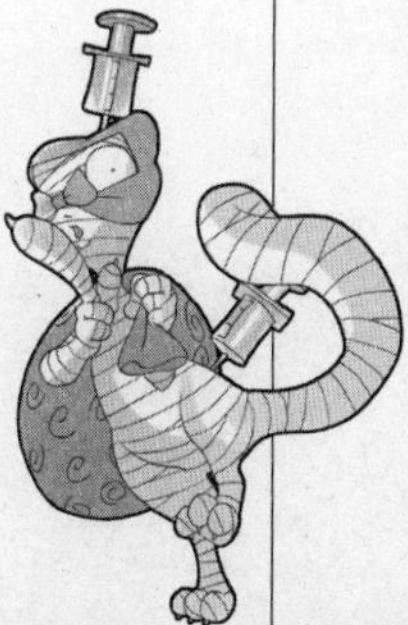

1.

十七歳の高校生、結城玲治《れいじ》は夕方という時間帯が嫌いだ。

昼間は学校に行ったり級友と話したりする時間として割り切っている。夜はほとんど一人で閉じこもって勉強したり本を読んだりゲームしたりしている。

だが夕方は、そのどちらでもない。

自分の外向的な面と、閉じこもる癖のある面が、ちょうど夕暮れ時のあたりで重なってしまうのだ。

その時の感覚は彼にとって非常に落ち着かないものだ。訳もなくイライラしたりしてしまう。だからそういう時間帯は、彼は携帯電話の電源も切ってしまい、誰も彼のことを知らないような通りをふらふらとさまよったりすることが多い。

〝俺は誰だ〟

〝俺は誰でもない〟

〝誰でもなく、何もすることがない〟

〝俺には、とてもあいつのようにはできない——〟

……それは一昨年のことだった。そのクラスメートの退学が決まったときに、結城はひどく動揺した。

特に親しい友人というわけではなかった。ただクラスで成績上位者の一位と二位をいつも争っていたので、よく知っていたのだ。

「……あの、海影《みかげ》――」

学校を去っていく彼に、結城が声をかけると彼はちょっと驚いた顔をした。

「おう、結城か」

少しとまどっているようだった。それはそうだろう。どちらかと言えばそれまで、ライバルという感じでまともに口を利いたことも少なかったのだから。

「ごめんな、俺は――なんにもできなくて」

退学の理由は、彼の親友が薬物中毒で死亡し、それで学校の評判が落ちるというので死亡した生徒は事前に自主退学していたことにした学校に、彼が抗議したことが理由だった。これには結城もかなりやりきれない気持ちにさせられた。

「――まあ、気にすんなよ。いいよ。おまえはこのままでいろよ。学校に残って、いい大学に行けよ」

彼はさばさばとした口調で言った。

「……海影、これからおまえ、どうすんだよ？」

「俺か？　俺は――どうかな。考えてねーな」

彼はかすかに笑って、首を振った。自分のしたことに後悔の欠片《かけら》もない、爽やかな笑顔だった。

結城はひどく動揺していた。

「俺だって――」

俺だってなんにも決まっていないし、考えられないよ――そう言いたかった。だがうまく言葉にならない。

「じゃあな結城」

彼は軽く手を振って、去っていった。それきり二度と見たことはない。

結城玲治は、普段は彼のことなどは忘れている。

授業を受けているときは、それに集中しているし、一人で部屋にこもっているときはほとんど何も考えていない。

だから、彼のことを思い出すのはこうやって夕方をさまよっているときだけだ。

〝俺には、とてもあんな顔はできない〟

〝俺は中途半端だ〟

そんなことを考えながらふらふらとさまよっていると、外向きと内向きの間の半端な気持ちがなんだか、居場所を見つけて落ち着いたような気がしてくるのだ。

彼がホーリィと出会ったことが幸福か不幸か、世間的に定義するのは難しいだろう。だがその出会いがその時間でなかったら、結城は彼女のことなどなんとも思わなかったに違いない。だが出会いはまさにそのとき——彼が普通の、そこそこの優等生の学生でも、家族とも断絶気味の閉じこもりの男でも、何者でもない半端なときに起こったのであり、そしてそれがすべての始まりだったのだ。

＊

「ふう——」

退社時間寸前のビジネス街というのは、一種不思議な空間になる。人通りがほとんどなくなるのに、なんだか空気がざわざわと落ち着かないような、そんな感じになるのだ。

結城玲治はその空気が嫌いではなかった。特に、今の自分とは何の関係もないところが気に入っていた。

「ふう――」

やがては自分も、この不思議な空気を造るために建物の中でせかせかと働く人間になるのだろうか？　――とか、そういうことは今はあまり考えていない。考えたら、きっとこの空気も好きにはなれないだろう。

それに、夕方の彼は将来サラリーマンになるであろう普通の学生でも、そういう勤め人人生から脱落した自閉症の人間でもない。何でもない存在だから、ただそういう空間の雰囲気の中をさまようだけだ。

「ふう――」

彼は一人で歩いているとき、ため息とも息切れともつかぬ吐息《といき》を洩《も》らすのが癖だ。別に何かの感情を示しているわけではない。だがそれは同時に、何か言いたいことがあるのだが言葉にならないで、ただ空気がこぼれているだけ、という感じでもある。

彼は意識していない。

意識しなくてすむから、一人でふらふらしているのだから当然だった。

そして彼が、やや狭い通りを歩いていたときのことである。

がん、がん、がん、と何かがぶつかり続けるような音が響いてきた。そんなに大きな音ではないが、破壊的な音だ。

（……？）

結城は周りを見回した。彼以外に通りにいる者は誰もおらず、音に気づいているのも彼だけのようだ。

なんとなく彼は音の方に向かっていった。ちょっと奥まったがら空きの駐車場から聞こえてくる。

するとそこには奇妙な者がいた。

一人の少女が石を振り上げて、停めてある自転車に振り下ろしているのだ。

彼女の髪の、ぼさぼさなそれはセットされているというよりも、嵐にでも遭遇したのかという印象だった。

石は、自転車をつないでいるチェーンロックを狙っているようだ。だがビニールチューブで補強されたチェーンはなかなか切れないらしい。うっかりナンバーをど忘れてしまった、のでないことは確実だ。

「…………」

結城は少女をしばしのあいだ観察した。彼女は作業に必死になっていて、こっちにまったく気がついていない。ひどく無防備に見えた。彼女は呪文《じゅもん》のように、ぶつぶつと独り言を言い続けている。

「……なんで、なんでもう切れないのよこいつ？　き、きっとこの鎖はあたしが嫌いなのねそうなのね。よ、世の中みんなあたしのことが嫌いなのよどうせ。かか、悲しいわ。悲しいって思ってるのになんで、なんで誰も同情してくれないのよまったく！　ああ、この鎖のヤツも少しはあたしに同情してくれればいいのに！　さっさと切れちゃいなさいよもう！」

彼女の顔には大きな青痣《あおあざ》ができていた。殴られた後だと見て間違いない。

「…………」

結城は後になって振り返って、どうして自分がこのあからさまな犯罪行為、かつ不思議少女を通り越して変な相手に対して見ない振りをするとか、あるいはこっそり誰かに知らせるとか、とにかくトラブルを避けようという気持ちにならなかったのかと不思議な気持ちになる。

だが、このとき、この場所にいたのは皆とのいざこざを避けようとする優等生でも、他人のことなどひたすら鬱陶《うっとう》しい引きこもりの男でもなかった。

「ふう――」

彼は息をひとつ吐《は》くと、彼女が盛んに、まるで初めて道具を使うことを発見した原始人が骨を振り下ろしているような動作をしているその横を通り過ぎた。

そして、同じように停められていた他人のスクーターに向かって、駐車目印として置いてあったブロックを持ち上げて、車体に無造作に落とした。

これまでとは比較にならない大きな音が響いた。

「――！」

びくっ、と少女がやっと彼の方を向いた。

その表情に一瞬凄《すさ》まじい恐怖が走ったが、だが結城の顔を確認すると、ほっ、としたような顔になる。

「あ……あんた誰?」

訊いて、そしてその返事を待たずに彼女ははっと自分がささやかに叩いていた自転車を一瞬見て、そして弁解を始めた。

「い、いや、いやさ——こ、これはそうじゃないのよ! 別にあたしは悪気があってやってたわけじゃないっていうか、なんていうかその——」

おどおどしながら言いつのる、そんな彼女に構わず、結城はハンドル付近のカバーが壊れたスクーターの剝《む》き出しにされた配線をいじっている。そしてアクセルをキックすると、たちまちエンジンがかかる。こういう技術には、彼は自室に閉じこもっているあいだにネットの裏サイトとか少数出版のアングラ本などで仕入れていて、かなり詳しい。

「……あ?」

青痣を付けた彼女がぽかんとなったところに、結城がぶっきらぼうに言った。

「自転車より、こっちの方が速いぜ」

彼女は一瞬きょとんとしたが、すぐに自分が盗もうとしていたものと、そのエンジンが掛かっているものを見比べた。

「えと……どういうこと? ……待って! わかってきた。わかってきたから言わないで!」

彼女はぶんぶんと両手を振り回して、大きくうんうんとうなずいた。

「つまり――ナンパかしらこれ？」

彼女は妙に晴れやかな顔をしている。だがその笑顔が急に曇って、

「あ、で、でも――」

彼女は自分の、傷ついて汚れた顔を指差した。

「で、でもさ――あたしはこれよ？　あんた正気なの？」

「知るかよ。あんたを見てたらイライラしたんだよ」

ほとんど言い訳で、結城自身もなんで自分がこんなことをしているのかよくわからなかった。

「――じゃ、ナンパじゃないの？」

彼女はあからさまにがっかりした顔になる。

結城は少し焦《じ》れて、

「どーでもいいだろ、んなこたぁ！　乗るのか、乗らねーのか、どっちだよ？」

ときつい声を出した。彼女は慌てて、

「の、乗る乗る。乗るわよもちろん！　うん」

と、素直に彼の後ろにまたがった。

結城はいきなり猛加速しながら発進させた。

「――あ、あたし――濱田聖子《せいと》！　あんたの名前は？」

彼女が声をかけてきた。

「結城玲治だ」

「ユウ――レイ？」

濱田と名乗った彼女はよく聞き取れなかったようで、そう呟《つぶや》いた。ユウレイとはよくぞ言った、と結城はなんだか愉快になった。

「そうだ。幽霊だ。ゴーストだよ」

「へぇ？　じ、じゃあさ、あたしは聖子だから〝ホーリィ〟ってのはどう？　可愛いい？」

彼女は浮き浮きした口調で言った。

「そいつは『ティファニーで朝食を』か？」

彼がからかうように訊くと、彼女はきょとんとして、

「なにそれ？　なんのこと？」

と真顔で訊き返してきた。

結城はぷっと吹き出して、そしてそれはだんだん大きな笑いに発展していく。

「――なんで笑ってんの？」

濱田も笑いながら訊いてきた。

しかし結城は答えず、そのままスクーターを疾走させた。歩き回っていたおかげで地理には詳しい。人のいない道を選んで彼はカーブを切る。そのコースにためらいはほとんどない。自

分でもすらすらと道順が思いつくのが不思議なくらいだ。だが肝心のことは——

「どこだ？」

「え？」

「自転車《チャリ》盗んで、どこに行こうとしてたんだ？」

それを訊いてなかった。濱田はきょとんとして、

「わかんない」

と答えた。

「は？」

「別にどこでもいいっつーか——逃げたかったから」

「どこから？」

「………………」

濱田は答えなかった。

あんたを殴ったヤツからか、と結城は訊こうとしたが、やめた。

「でもさ、あんたは？」

濱田は一転して、明るい声で訊いてきた。

「スクーターをかっぱらった、あんたはどこ行きたいのよ？」

結城に、彼女はからかうように言った。

「あー、そーねえ……そうだなあ」

結城はぼんやりとした口調である。

「まず、コンビニに寄らなきゃ」

「……は？」

「スクーターが壊れたままでは怪しい。ガムテープか何かで留めておかないと。どこまで行くことになるのか、燃料も補給した方がいいかも知れない——」

他人事《ひとごと》のように、冷静な口調で言った。

濱田は眼をぱちぱちとしばたいた。

「……なに？　あんたってプロ？　ずいぶん手際いいじゃん？」

当然の疑問に、結城は答えずに、

「どこに行くかは、その後で考えよう」

とかすかに首を振った。

＊

……そして二人が走り去ってわずか三十秒後の駐車場に、三人組の男が姿を現した。

「な……なんでこんな所に来るんだ？」

そのうちの一人、上品な、しかし大量生産の既製品のスーツ姿でいかにも中間管理職ですという感じの男が怯《おび》えた声で言った。

すると小柄な男が、

「ひょひょひょひょ」

と奇妙な笑い声を洩らした。

スーツの男はぎょっとした顔でこのちびの方を見る。

「ま、まさか……今度は私を誘拐《ゆうかい》して、身代金を取るつもりなのか？　もう充分な金は払ったはずだぞ。こ、これ以上は——」

震える声で言う。するとちびは笑いを消した。

「馬鹿か、おまえは」

「え？」

「おまえなんぞにゃ会社はビタ一文払ったりはしねーよ。つーか、おまえは自分の立場がわかってねえ」

「ど、どういう意味だ？」

「こうやって俺たちと一緒に来させられたってことは、だな——今回のこのトラブルの責任は全部あんたにある——ってことに会社の方ではセッティング済みだってことだ。うまいこと行かなくて、ことが公になったら俺たちが脅迫材料にしているあんたん会社《とこ》の重大なる違法行為は、あんたが一人でやっていたってことになるんだよ。そんなおまえを誘拐なんかしても、何の意味もねえ」

言われて男は青ざめた。

「そ、そんなことは——」

「ないって言えるのか？　どうせあんた自身も仕事って名目で、似たような手口で色々とやってきたんだろう？」

ちびは冷たい口調で言い捨て、そしてまた「ひょひょひょ」と笑った。

「………」

男はもう言葉を返せない。

そしてもう一人の大男はこの成り行きにも無言で、むっつりと唇をへの字にしているだけだ。

どうやら——これは一種の脅迫行為による取り引きの、その現場のようだった。とある大企業が陰で行っている良からぬことを表沙汰《おもてざた》にされたくなければ金をよこせ——そしてその取り引きは終了して、もう事後処理とその証明という段階に入っているらしい。

チビと大男の二人組は、どこの国の人間だがはっきりしない。国籍不明な印象がある。何人《なにじん》でもあるようだし、何人にも見えないという感じだ。ただし言葉に不自然さはまったくない。

「えーと……スクーターだったよな？」

ちびは駐車場を見回した。

「スクーター？」

「そいつに仕掛けをしておいたのさ」

「仕掛けって……こんな何もないところで？」

「はたして、ほんとうに何もないかな？」

「え？」

と周りを見回した男の顔が強張《こわば》る。

その視線の先には、駐車場に置かれた四角い機械があった。

「へ、変圧器か……？」

それは高圧線から流れてくる電気を調整して、建物の中に入れてもいいレベルに落とす働きを持つ装置なのだ。

「そうだ。それに何かあったら、電線が切れるとの同じ効果があるよな？」

「し、しかし社内には予備電源もあるし……」

「だがバックアップに回る。とりあえず、あんたの会社のコンピュータシステムの基幹プログラムは現在処理しているデータを保存しようという方向に動く。その瞬間、大きな隙ができる
——ウィルスが入り込むには充分な隙がな」

また、ひょひょひょ、と笑う。

「ウィルスに入り込まれたら、もうお終《しま》いだ。あんたたちではコンピュータは操作不能になり、

ちょうど通報されて踏み込んでくるはずだった官憲の手入れにもデータを隠すことができなくなる。全部丸見えになるところだったんだぜ？」

「そ、そんな……そんな直接的な手口だったのか？」

「意外と単純だろ？」

ちびがせせら笑いながら言っている、そのときに大男が彼の肩をがしっ、と摑《つか》んだ。

「ん、どうした？」

大男は一言、

「ない」

と言った。

「なに？」

ちびも鋭い眼になり、駐車場の中を駆け回る。

そしてしばらくして、憮然《ぶぜん》とした口調で呟く。

「スクーターが……ないぞ？」

「ど、どういうことだ⁈　何がどうなったんだ？」

スーツの男が喚《わめ》いた。

それを無視して、ちびと大男がお互いの顔を見つめ合いながらぶつぶつと話し始めた。

「……どうするタル？　ボスに――〝スリム・シェイプ〟にこんな不始末を報告するわけにゃ

いかねえ。俺たちの信用ががた落ちになっちまう」

するとタルと呼ばれた大男がぼそりと、

「見つける——しかあるまい」

と初めて口を開いた。

「しかし、なにか手掛かりが残っているかな？」

二人は駐車場にまた眼を向けた。そして、その一画に置かれた自転車に眼を停める。

「……ん？」

ちびがすかさずその側に寄る。

自転車のチェーンに傷が付いている。それも近くに落ちている石で何度も叩いた後だと知れた。金属の削れた粉が落ちているところから見て、ついさっきまで叩かれていたのは確実なようだ。

「どうした、ジエス」

タルがちびの方に寄る。

「……まさか？」

ジエスというのが呼び名らしい小男が呟いたそのときだった。

駐車場に一人の若い男がばたばたと駆け込んできた。

「——くそっ、いねえじゃねえか！」

突然キレて喚いた男は血走った眼をして、普段はそれなりに整えられているであろう髪の毛を振り乱していた。

「おい、おまえら！　この辺で女を見なかったか！」

若い男は傲慢《ごうまん》な金切り声で詰問してきた。

「………」

ジエスが自転車から顔を上げて、若い男に目を向けた。

「あー……女？」

「そうだ！」

「女、ねえ……女を見つけて、どうするつもりなんだ？」

「そんなことはおまえらの知ったことじゃねえ！」

「おまえ……拳に血が付いているな？」

ジエスは立ち上がった。

「その女とやらを殴って、追いかけ回しているって訳か？」

「いちいちうるせえな！　俺の女だぞ、何したって俺の勝手だ！　こっちはあいつを見たかどうかって訊いて――」

怒鳴りかけたその途中で、男の身体は吹っ飛ばされていた。

いつのまにか、物音もなく素早い動作で背後に回っていたタルが拳骨《げんこつ》で思いっきりその背中を殴りつけていたのだ。

「――がはっ！」

若い男はもんどり打って、アスファルトの地面に叩きつけられた。

「――つまり」

ジエスがその傍《かたわ》らに立つ。

「おまえは女を殴って、その女は必死で逃げていて、自転車を盗もうとしていた――と、こういうことか？」

「……ぐ、ぐえっ……」

タルが近寄ってきて、動けない男の背中にまた蹴りを入れた。

「……げっ！」

男はのたうつ。

「おい、その辺にしとけや」

「こいつ――女を殴りやがった――」

タルの顔が赤く染まって、肩がぶるぶると震えている。

「そうだな。許せないな。だがそれはまあ後回しだ」

ジエスは悶絶している男の懐《ふところ》を探って、財布や携帯電話をあらためた。

携帯の裏側に一枚のプリクラシールが貼ってあった。二人写っている。片方は男で、そして

　もう一人が――

「こいつだ」

　そこにあるのは、あんまり笑っていない仏頂面《ぶっちょうづら》の、ぼさぼさ髪の女の顔だった。

「お、おい――何がどうなっているんだよ?!」

　ほったらかしにされていたスーツ姿の男はたまらず叫んだ。

「うるせえな――少なくとも、もうあんたん会社《とこ》には何の問題もなくなったよ。あとはこっちの問題だ」

　ジェスは冷ややかな口調で言って、そして彼とタルの二人組は走り出したちまち何処《いずこ》かへと消えた。

2.

　十八歳の濱田聖子は父親の顔を知らない。

　自分が幼いときに両親が離婚して、母が自分を引き取ったというか、親権の確保をしたというか、とにかく父だったはずの人は〝親〟ではなくなったので、会ったことがない。会いたいとか、顔を知りたいとか、そういう気持ちはないわけではないのだろうが、自分としては、どうもよくわからない。父というものを知らないので、それがどんな意味があるのかよくわからないのだ。

父はよく母を殴る人間だったのだという。どうしてそんな人と一度は結婚していたのかとか母に対して疑問を持たないでもなかったが、しかし気がついてみると自分が付き合うボーイフレンドもまた何故か、いつも自分を殴るような男ばかりだった。

男というのはそういうものかも知れない、とすらなんとなく思っている節がある。頭が悪いというか、鈍いというか、考えるよりも先に手が出るのではないかと納得している感じだ。

男が嫌いというわけではないのだろう。

だからなんとなく、告白したりされたりで何人かの男と付き合ってきたわけだし。だけど、例外なく男たちは彼女を殴り、そして殴られた瞬間に彼女は、どうでもよくなる。

男のことが確かに、どんな相手でも多少は好きだったはずなのだが、そういう気持ちが全部消し飛んでしまう。なんでこんな男と付き合ってきたのかと自分がよくわからなくなるのだ。

だから逃げる。

逃げても男は大抵追いかけてくる。

追いかけられるとき、彼女が取る手段は他の男を用意することだ。それでケリをつけるのが早いからそうするのだが、だが、

(——だけど)

今、この彼女がその背中に摑まっている男の子は、なんだか今まで彼女がそうやって利用し

てきた男たちとは感じが違っていた。

「……ねえ、ゴースト？　こう呼んでいいかしら？」

疾走するスクーターの脇をすり抜けていく風の音に負けないように、濱田は少し大きな声で彼に呼びかけた。

「じゃあ、こっちはあんたをホーリィって呼ぶのか？」

「う、うん。お願い。で、でさ——あんたって誰かいるの？」

「誰かって何だ？」

「彼女とか？」

おずおずと彼女は訊いてみた。しかしこれに、

「人間は嫌いなんだよ」

と、彼は即答した。

「……は？」

「面倒くさい。色々と合わせたり、ご機嫌を取ったり——そのくせこっちの話は全然理解しない癖に」

彼はぶっきらぼうに言った。

「………」

濱田は少し言葉に詰まった。

そしてまた訊いてみる。

「……ねえ、あんたっていつも、そんなにキッツイわけなの？」

「いや――いつもはこんなことは言わない。適当にみんなと話を合わせてるさ。なんか今の俺は――半端なんだよ」

彼はかすかに首を振りながら言った。

「自分でも自分が、よくわからない――」

そして黙ってしまった。無言で運転を続ける。

（………）

濱田も黙って、なんとなくこの変な男の子の後頭部を見つめる。

今まで――好きになった男の子に対しては彼女はちょっと息苦しいようなドキドキする感覚を感じて「これだ」と直感的に恋愛感情を決定付けてきたが（それで失敗ばかりしていたわけだが）なんだかこの子にはそういう感覚が全然ない。その代わりになんだか――

（わくわく――するんだけど？）

胸が苦しいどころか、跳ね踊るように面白いのだ。男に対してこんな感情を持つのは初めてだった。

やがて彼はスクーターを物陰に停めた。そして彼女に向かってドラッグストアに行ってくると言い、そして、

「配線には手を付けるなよ。感電するぞ」

と念を押した。

「あたしも行く」

彼女が言うと、彼は首を振った。

「その眼を隠す眼帯とか、治療するものも買ってくるからその後にしろよ。その方がいいだろう？」

「ああ、なるほど？」

と言われはしたが、今の彼女としては目元に青痣があることを他人に見られてもあんまり気にならない気もした。このゴーストという男の子が全然気にしていないのだから、今さらという気がするのだ。

「すぐに戻ってくるから」

彼はさっさと薄暗い道を歩いていってしまった。

ふう、と濱田はため息をひとつ付いた。

そしてスクーターに目を落とす。エンジンが掛けっぱなしである。配線を無理矢理繋《つな》げて始動させたようなので、切ったらもう掛からないのかも知れない。

（どーやったらキィなしでエンジン掛けられるんだろ？）

彼女は割れたカバーの中を覗き込んだ。何やらごちゃごちゃしている。色々な角度から観察する。

(――あれ?)

そして彼女は変な物に気がついた。上から見たらわからなかったのだが、下から見ると配線のひとつが外に出ていて、それがスクーターの車体下につながっているのだ。

彼女には機械のことはよくわからないが、しかしそれにしてもその配線は周りから浮いていて、しかも――

(隠されている……?)

それも、みっともないので目立たなくされているとかいう感じでもない。なにしろそれは黄色いビニールテープで貼り付けられたりしているのだ。こんな処置が〝商品〟のはずのスクーターに施されているとは考えにくい。

(いったい何につながっているのかしら……?)

んしょ、と彼女は道路に腰を下ろして、身をかがめてスクーターの車体下を覗き込んだ。

その途端、その眼が点になり、そして瞳孔がみるみる開いていく。

「……え? これって――」

結城玲治は買うものをカゴに入れながら、全国チェーンで展開しているドラッグストアの店内を歩いている。半端な時間帯らしく、ちょうど客は他に誰もいなかった。

「…………」

期間限定のキャンペーン商品が賑々《にぎにぎ》しく並べられていたりする。必要以上にぴかぴかで、薄暗いところが何もない店内にいて、店内に流れている軽めのポピュラーミュージックを聞きながら商品をカゴに入れていく。

「…………」

日常的な、慣れきって新鮮さのない行動をしていると、結城はなんだか急に白々しい気持ちになってきた。

自分は何をしているのか？

傷ついた女を助ける騎士《ナイト》の役割でもしたいっていうのか？

いつから自分はそんなええかっこしいになったんだ？

夜、一人きりで部屋にこもってしまう内向的な面が、みるみる心の中で存在感を増していくのがわかった。ホーリィとか言った、あの彼女の側から離れた途端に気持ちがみるみるだれていく。

「……あーっ……」

面倒くさくなってきた。

彼女を自宅かどこかに送った後で、盗んだスクーターは適当なところに捨てておかなくてはならないなあ、とか思うと気が重くなってきた。

ぼんやりしながら、彼はカゴをレジの前に置いた。

「いらっしゃいませ」

女性バイト店員の明るい声がますます彼の白々しい気持ちをあおる。

（こーゆーところの制服っていうのは、誰が着ててもそこそこ似合って見えるのはなんでだろう？　おっさんでも女子高生でも、なんとなくハマってんだよなー）

彼はそのとき、そんなどうでもいいようなことしか考えていなかった。しかし彼に未来に対する感受性が少しでもあれば、このときに、こんな無防備に第三者に対して素顔を晒《さら》したりはしなかっただろう。全国にその悪名を轟《とどろ》かせることになる〝ホーリィ＆ゴースト〟が世に現れたのが、正にこの瞬間だったからだ。

店員がカゴの中の商品を確認して「千二百七十四円になります」というので千円札二枚を渡して、おつりが開かれたレジスターから取りだされようとしたちょうど、そのとき、

——ごん、

という鈍い音が響いた。ストアの自動ドアの入り口の方からだ。

そっちの方を見て、店員と結城は絶句した。そこには濱田聖子がへたりこんでいたからだ。

どうやら走ってきて、ドアが開く前に突撃して頭をぶつけてひっくり返ったらしい。

彼女はすぐに跳ね起き、そしてドアが開いていくにもかかわらず、その隙間に無理矢理身体をねじ込んで入ってきて、そして怒鳴った。

「ご——ゴースト！　た、大変な、時計が、数字が、どんどんゼロになって、でも動かせないし、粘土みたいな、映画でよくあるあの、電線が一杯で——」

何を言ってるのか全然わからない。

とまどった結城が、

「お、おいホーリィ——」

と声をかけるが、彼女はこっちの声など耳に入らないようで、

「——だからその、やばい、やばいのよ、だからさ、死ぬ？　死ぬよ？　そうよ死ぬって——」

と輪を掛けて支離滅裂になっていく。彼女は結城たちが、ぽかん、としているのにどんどん苛立《いらだ》って、手足をばたばたと大きく振り始めた。

「——もう！　わっかんないかな?!　だからこんなとこで、こんな風に、こんなもたもたもたもたもたもた——ああっ、もうっ！」

言葉にならないで、ただ喚いていたかと思うと、彼女は突然にとんでもない行動に出た。

いきなりカウンターの上に飛び乗り、開けっ放しになっていたレジスターに手を突っ込むと一万円札も千円札もかまわずわしづかみにして、そして——きびすを返して逃げ出した。

「…………え？」

店員と結城は、そろって口をぽかん、と開けたまま数秒動けなかったが、すぐにはっ、と我に返って、

「ど、泥棒！」

「お、おいちょっと！」

と二人とも彼女を追いかけて外に飛び出した。

そのときにそれは起こった。

ドラッグストアの裏に停められていたスクーターの、その車体の下に隠されていたプラスティック爆弾のタイマーが〝000〟を示し、作動したのである。

3.

どん、という音が鳴ったのを聞いて、

「――ちっ！」

と車を運転中の小男のジエスは舌打ちした。フロントウインドウの向こうではまっすぐに煙が立ち上っているのも確認できた。

「衝撃を与えやがったな――タイマーの数字が繰り上がってやがった」

車のダッシュボードの上に置かれたカーナビ装置の画面上で点滅していた印が、ふっ、と消

えた。スクーターに仕掛けてあった発信器が壊れたのだ。

「死んだか？」

助手席のタルの問いにジエスは、首を振った。

「たぶん違う。爆煙の上がり方から見て、走ってる最中じゃなくて停めてから吹っ飛んだようだ」

「――消失点はドラッグストアがある辺りだな」

「ああ、急ごうぜ」

ジエスとタルは車を停めて、外に出て、走って現場に向かう。

ドラッグストアは見事に砕けていた。ガラスというガラスは割れ飛び、建物も半分以上が崩れてしまっていた。

（予想よりもスゲエ威力だな）

ジエスとタルはあらためて、自分たちのボスの技術に感心したが、そんな場合でもなかった。

二人組はドラッグストアの前に倒れている三人の人影を確認した。ひとつは制服を着ている。店員だ。

「う、うう――な、なにが……？」

店員は身を起こしかけていた。その背後からタルが彼女の首の後ろをとん、と軽く叩いた。

「――当て身」

すると店員は苦痛を感じることすらなくたちまち気絶してしまった。

ジェスは残る二人の男女に――結城玲治と濱田聖子の方に眼を向けた。ぼさぼさ髪の女の顔を確認し、さらに殴られた傷があるのを見て、ジェスはうなずいた。こいつらだと認めた。

「よお、お二人さん――」

「――」

爆風に背を押されて転んだままの結城は、なにがなんだかわからず、茫然としている。濱田は転んだショックで軽く頭を打ったらしく、眼の焦点があっていない。そんな二人にジェスが言う。

「俺たちは〝スクーターの持ち主〟だ。意味――わかるよな?」

結城の顔に理解と、そして恐怖が浮かんだ。

「ま、まさか――いま爆発したのは――」

「ま、交通渋滞の真ん中で起きなくてよかったなあ、おい」

ジェスはすぐに間合いを詰めてきた。結城はあわてて、その鋭い蹴りから逃れた。

「ま、待て――」

結城は急いで弁解しようとしたが、言いながらも、

(なにを馬鹿な――爆弾仕掛けるような連中にどんな言い訳が通用するっていうんだ?)

ということはわかっていた。

相手の方もその彼の認識通りに、ためらいなく襲いかかってくる。

(逃げなくては……!)

それだけが明確にはっきりしていることだった。そして逃げるには——

彼はあわてて横を見た。濱田聖子はまだ眼を回しているらしく、起きあがりかけてはいたが、

「う、うーん……?」

とぼんやりしている。

そこに大男のタルが背後から迫っていることにも気がついていない。

(——くそっ!)

結城は強引にジェスに向かって飛びかかっていった。だが小さい身体の癖に、ジェスはそんな結城をカウンターで蹴り倒してしまった。

結城は飛ばされて、転がる——だがその先には濱田がいた。

彼は、転がりながら彼女の腕を掴んだ。

そして起きあがりざま停まることなくそのまま、彼女の手を取って走り出す。

「わっ?! な、なに?」

濱田はびっくりしつつも、引っ張られるままに自身も走り出す。

「——!」

タルは二人に襲いかかろうとしたが、濱田の身体が無防備に目の前を通過するときに一瞬、

ためらった。彼女を痛めつけずに制止するのが無理だったからだ。

そしてそのわずかな隙に、二人はそのまま逃走してしまった。

「おい、何ぼさっとしてる！」

ジエスがタルをどやしつけると大男は、はっ、と我に返った。

そのとき、周囲からパトカーのサイレンが響いてきた。爆発騒ぎの通報で駆けつけてきたのだ。

「ちっ！」

ジエスは舌打ちした。

そのとき、彼の胸元で携帯電話の着信が生じた。

彼は驚いた顔になる。それは専用回線であり——その相手はたった一人に限られるからだ。

彼は携帯を取り出し、その画面に浮かんだメールを読む。

そして思わず呟いてしまった。

「……なんだと？　どういうことだ——」

結城と濱田は息せき切って逃げていた。

そんな彼らの前に、実に都合良く、一台の車が停まっているのが目に入る。不用心にもその車はエンジンが掛けっぱなしで、ドアが半開きになっていた。

「こいつを借りるぞ！」

結城は濱田に怒鳴る。

「ま、また盗むの？」

「後で返すさ！」

濱田は戸惑いつつも、言われるままに助手席に飛び込む。

結城は、もちろん校則で禁じられている自動車免許など持っていない。だが運転の仕方は大体知っていた。なかば無理矢理にハンドルを切って、アクセルを踏んだ。

車はたちまち走り出す。

「だ、大丈夫かしらね――なんか高そうよ、この車。ほら、こんなにごついカーナビも付いてるし」

ダッシュボードの上にでんと据えられた装置は、どう見ても正規の装備品ではなく、カスタムメイドの特別製のように見えた。

「すぐに降りて逃げるさ」

結城は、つとめて事態を深刻に考えないようにと努力していた。

だがどう考えても、実際はこの状況は極めてヘビーなものと受けとめるしかない。

なんでスクーターに爆弾なんぞ仕掛けられていたのか知らないが、それをあの店の裏に停めたのは結城なのだから、爆破事故そのものは彼のせいということになってしまう。警察沙汰は避けられないだろう。

（自首——でもすべきなのか？）

しかし、なにしろ事の発端がスクーターを盗んだことから始まっているのだから、どうにも説明しにくいし、その理由も〝ただなんとなく〟でしかないのだからとても納得してもらえるとは思えない。

このまま逃げられそうな気もするし、隠れるのもやばい気もする。

（うー、なんなんだこれは……？）

なんとも——どうにも中途半端な状況だった。

状況が、妙にスムーズにどんどん転がっていく感じだ。まるでシナリオの通りに演じられるやらせドキュメントのようだった。

しかし、彼はここで気がついてしかるべきではあった——こんなに都合良く逃げるための鍵のかかっていない車がすぐ見つかったのは、それがすなわちあのチビと大男の二人組の襲撃者が乗ってきた物であるからだという、当然の見解に——。

「わっ、なんか画面が付いた！」

カーナビをいじっていた濱田が声を上げた。モニターの液晶画面がオンになって、地図が浮かび上がっている。

「おい、あんまりいじるなよ」

「別にどこも触っていないわよ！　突然勝手に――」

　と濱田が言いかけたところで、画面に奇妙なモノが現れた。

『YEAH《イヤァ》少年少女の諸君！　君たちはトラブルがお好きのようだね？』

「な、なんだ？」

「なにこれ？」

　それは可愛らしく、目玉を大きく描かれたマンガチックなイタチのCGだった。だがそのキュートなイタチのキャラクターは、全身に包帯を巻いていて、注射器を至る所に突き刺して、あちこち血が滲《にじ》んでいるのだった。

『〝スリム・シェイプ〟！　――そいつがボクの名前さ！　仕事はね〝世紀の大悪党〟とでも言っておこうかな？』

　包帯イタチは身体をくねくねとアメリカの漫画映画のようにくねらせながら陽気に言った。

『おめでとう！　無事に爆弾魔の攻撃から生き延びたようだね？　しかし君たちは、実は今たいへんなところに差し掛かってしまってるんだぜ。なにしろ君たちは正に、その爆弾事件の主犯格としてもう警察にマークされてしまっているんだ！　HAHAHAHA！』

　甲高い声で高笑いした。

「な、なんだと？」

『ドラッグストアには、ちゃーんと防犯カメラというモノが設置されていることを忘れちゃいけないね。ＨＥＹお若いレイディ、君は自分が何をしたのか忘れたわけじゃあるまいね？　その手にしっかりと握っているそれはなんだい？』

言われて、びくっ、と濱田はその固く握りしめたままだった手を開いた。千円札と一万円札が何枚か、そこでくしゃくしゃに丸まっている。

「お金――返すの忘れてた！」

濱田の悲鳴のような声に、包帯イタチの笑いが被《かぶ》さる。

『強盗だな、これは！』

「だ、だってあれはしょうがなくて――」

「そ、そうだ。俺たちを逃がすために、とっさに――」

『うんうん、わかる、わかるよ君たちの言いたいことは良ぉーく、ね』

イタチは腕を組んでうなずく。

『しかし現実ってゆーヤツは誤解とすれ違いでできているものなのさ！　ほら！』

とイタチは両手をさっと画面の奥に向けた。するとそこにウインドウがひとつ、ぱっ、と開いた。

〝えー、つい先ほどのことです。今日の午後四時五十七分――〟

それはテレビのニュース番組だった。

結城と濱田は、はっ、としてその画面を見る。

〝――で強盗事件が発生しました。爆弾でドラッグストアを爆破し、その隙に金品を強奪するという計画的かつ悪質なもので――〟

アナウンサーは無感情に、淡々と喋っている。

〝犯人グループは若い男女の二人組で、それぞれを互いに〈ホーリィ〉と〈ゴースト〉と呼び合っており、未成年の犯行である可能性もあると警察では見ている様子で――〟

「…………」

「…………」

結城と濱田は茫然としている。

画面には、ドラッグストアの防犯カメラに撮られていた〝男女二人組〟とやらが映し出されている。映像は荒れていたが、それは間違いなくさっきの、レジの所の騒動の様子を捉えたものなのだった。

『――と、いうわけだ！』

スリム・シェイプが笑いながら言った。

『このままだと警察の検問に引っかかってたちまちお縄頂戴間違いなしだ。今、ここにある危機から君たちが助かる道はたったひとつ――身の潔白を世界に証明することだ。このままだと、あとになってから警察がどんな公式発表をしようが、君たちに付いた汚名は一生消えやしないぜ。ならば逆にこれで名を売るしかない。どうだい〝ホーリィ＆ゴースト〟さんたち、よ――』

「な、なんだと？　おまえ……なんなんだ？　何を言っているんだよ？」

結城は混乱しながら訊《たず》ねた。するとイタチは一言、

『ロック・ボトム』

と訳のわからないことを言った。

「……は？　なんだって？」

『そいつは忌《い》まわしくもおぞましい、世界に危機を呼ぶ遺産だ。去年の夏と秋の間に死んだ、ある一人の男が遺した、な――悪党はみんな、そいつに惹きつけられるのさ』

【第二犯例】

強盗

①暴行または脅迫を用いて他人の財物を強取した者は、強盗の罪とし、五年以上の有期懲役に処する。

②前項の理由により、財産上不法の利益を得、又は他人にこれを得させた者も、同項と同様とする。

〈刑法第二三六条〉

1.

「——尾行に失敗し、逃げられただと?」

報告を聞いて、宇治木貢《うじきみつぐ》は顔を怒りで歪《ゆが》めた。

「馬鹿者が！　なんのために貴様らのつまらん会社の代わりに、わざわざ脅迫された金を払ってやったと思っているんだ！　すべては〝スリム・シェイプ〟というあの泥棒の正体を摑むためだったんだぞ！　この役立たずが！」

彼に怒鳴られた男は、びくっ、と子供のように身を縮こませた。だが彼とて一部上場を果たしている株式会社の社長なのだ。ただ相手はその彼の会社の株の大半と、そして関連会社の大株主なのである。

「も、申し訳ありません——」

「あいつは、あちこちで似たような脅《おど》しや詐欺《さぎ》を繰り返している——今回は、その手掛かりを摑む絶好のチャンスだったというのに……この無能が！」

宇治木は社長を革靴の固い爪先で蹴り飛ばした。

社長は鼻血を飛び散らせて豪華なカーペットが敷かれた床の上を転がった。

「もういい！　失《う》せろ！」

社長は鼻を押さえながらうなだれつつ、神妙に一礼した。だが心の中では怒り狂っている。

(この——どっちが泥棒だ！　あの寺月恭一郎《てらつききょういちろう》の遺産をかすめ取っただけで、自分では事業ひとつまともに興したこともない癖に……！)

だがそんな感情は表に出さず、社長は無言で部屋から出ていった。

「ふん、屑《くず》が……！」

言い捨てると、宇治木は机の上に置かれたモニターに目を移す。

そこにはCGで作られた、脅迫に来た二人組の顔が写っているが、それは本物のジェスとタルにはあまり似ていなかった。それは宇治木にもわかっていた。やたらに凶悪すぎるリアリティのない顔だった。印象だけで作らせたものだというから無理もない。だがこの大男とチビというのはヤツ本人ではあるまい。そのボスこそがおそらくは〝スリム・シェイプ〟なのだ。

「ちっ……」

用心深いだろうとは思っていたが、やはり罠《わな》を掛けても本人は出てこなかった。

宇治木は苦虫を噛《か》み潰《つぶ》したような顔のまま、モニター前のキーボートに触れる。

すると記録されている画面が再生されていく。

ぱっ、と画面に出てきたそれは、包帯を巻いて注射器を無数に身体に突き刺した目玉の大きいイタチのマンガである。

『HEYミスター・ロールモデル！　お初にお目にかかる。どうやらあんたは悪事が大好きのようだね？』

イタチが軽妙な口調で喋り出す。

『さて、今回はそんなあんたに耳寄りなお話を持ってきたぞ。ん？　他でもない——あんたが寺月氏から預かっていた例の〝ロック・ボトム〟の件だ。あいつをボクが処分してやろうじゃないか？　どうだい、処分料込みで十七億ってところで。安いもんだろう？』

イタチはくねくねとツイストを踊るように動き回っている。

『寺月氏が死んだ後で、その資産の三分の一近くをかすめ取ることに成功したあんたにとっちゃ、その程度は端金《はしたがね》だろう。しかしロック・ボトムをあんたが持っていることが世間に知れたらあんたは破滅だ。考える余地はないよな？　んん？』

……このメールが届いたのが半年前。それ以来このイタチは彼が支配している旧ＭＣＥの関連各社の後ろ暗いところを突いては脅し、隙を見ては裏金をカッさらい、架空取り引きをでっち上げては金を騙《だま》し取り続けている。〝Ｓ＆Ｓ〟というふざけたサインを後に残していくのでそれとわかるのだ。しかも、それらはどれもこれも被害にあったことを警察に知らせるわけにはいかないものばかりなのである。

非常に狡猾《こうかつ》——包帯イタチを自らのシンボルとするこの犯罪者の正体はいったい何者なのか？

「——くそっ」

毒づくと、彼は画面を切り替えた。

二人組の男女が、ドラッグストアのレジで何やら騒いでいる映像が映し出された。

「――――」

爆破されたドラッグストアから、いち早く監視カメラのビデオテープを部下たちに回収させ、マスコミ各社に流させたのは彼だ。事件が起きてから、十分とかかっていない――警察には後から届けたくらいだ。

どうやらこの二人は知らずして、スリム・シェイプの犯罪行為に関わってしまったらしい。となると、スリムとその部下は警察がこの〝ホーリィ&ゴースト〟というガキたちを捕まえる前に、彼らを始末しようとするだろう。悪党ならば当然のことだ。

（ならば――こいつらを追いかけていけば、スリム・シェイプも引っかかってくるというわけだ――）

これは危険な賭けである。警察を介入させてしまっては宇治木自身のまずいところも明るみになる危険がある。だが――

（それぐらい荒っぽいことでないと、ヤツを釣り上げることはできないだろう。悔しいが、ヤツの方が情報戦に長《た》けていることは認めざるを得ないのだからな）

おそらく、警察ではスリムを捕らえることはできないだろう。だが、隙を作らせられればそこをついて宇治木サイドにもヤツの正体のヒントぐらいはつかめそうだ。あるいはもっと直接的に、ヤツを仕留めることも可能かも知れない。

その鍵を握っているのは――

（しかし、頭の悪そうなガキどもだな）

画面に映っているぼさぼさ髪の少女と、ぼーっとした少年を見て、宇治木は侮蔑《ぶべつ》の吐息を洩らした。

（しかし、問題はこのガキどもではないからな。打っておくべき手は多いに越したことはない――スリム・シェイプがこいつらを殺しに来たときのために〈アフターマス〉にも依頼しておくか）

2.

翌日。

平日の午前中で、人通りもそれほどでない大型デパートの前の通りの、ファーストフード店のカフェテリアで二人組の男女がだべっている。

「うーむ。まだどーにも実感がないわ」

彼女がぼそりと呟くと、彼氏が生返事で、

「まったくだ」

とうなずいた。

「あたしたち、なんでこんなことしてんのかしら」

「しょうがねえだろう、なにしろ……」

彼女が指差してみせるその先には、ビルの壁面に設置された大型映像装置に映っているニュース番組があった。

『……警察からの公式発表はなく、この二人組の行方《ゆくえ》は未だ摑めていないようです』

そしてドラッグストアのレジに手を突っ込んで金を強奪しているぼさぼさ髪の少女の姿が何度も繰り返される。

「うわ」

彼女は少しのけぞる。その髪の毛はぼさぼさではなく、そこそこにセットされている。

「大事になっちゃってるわよ、ねね、どうしよっか？」

どうしようと言いながらも、彼女はなんだか浮き浮きした調子である。

「しょうがねえだろう、ハメられたんだから」

彼氏の方はぼそりと不機嫌そうに呟く。これに彼女は、

「しょうがねえしょうがねえ、って――それぱっかりね」

と彼氏の方を横目で睨《にら》むように見た。

「………」

彼氏は無言だ。

彼女は、ふはーっ、と吐息をひとつついて、

「……どーして、あんたってそんなに、ダルイのにシャキッとしてんのかしら。謎だわ」

と呻《うめ》いた。

「そろそろ時間だぞ」

彼が静かに言うと、彼女の眼がきらっと光った。

「おおっと。いよいよね」

「一応、お伺いを立ててみるか」

彼氏は置いてあったバッグをテーブルの上に上げて、口を開ける。

そこには小型のモニターとそれに付随する装置がいくつか付いていた。カーナビのシステムを、そこだけ取り外して持ってきたのである。特製のこの装置には、モバイルパソコン等に使われているバッテリーが内蔵されているので持ち運びが利くのだ。

バッグに隠したままで、起動スイッチを押す。

画面が浮かび上がってきた。それは現在位置を示す地図の映像である。

赤い点が、今この二人がいる場所だ。そして青い点で示されているのが――

『そう！　ここに問題の債券やら手形などが眠ってるって寸法だ！』

画面に突然、ひょい、と横からスリム・シェイプが現れる。

『そこにあるのは十二桁《けた》の暗証番号を始めとしていくつもの鍵が複合で掛けられるデラックス

な金庫だ。まあ、細かいことは全部こっちでやるから、君たち〝ホーリィ&ゴースト〟の仕事は極めて簡単――そいつの中身をかっぱらうだけだ』

イタチのアニメはなめらかに動いて、画面のこっち側の彼氏彼女――結城玲治と濱田聖子をそれぞれ指差した。

実際にこっちを見ているのだ。カーナビにはぽつん、と穴があいていて、その中に小さなレンズが付いているのだが、それはカメラアイとして機械の周辺の映像をむこうがわに送っているらしい。

この包帯イタチ――CGなのだろうが、そういう作り物ではなく、リアルすぎてなんだか映画の〝マンガの国の住人〟みたいな感じだ。

(――しかし、いったいどういうデータ処理をすれば、こんなに生きてるみたいな映像を、しかもリアルタイムで作成して、操作できるんだ?)

結城はそこそこコンピュータ関係のことは知っている。こういう芸当は、グラフィックに特化した専門の大企業のスーパーコンピュータがフル回転でもしない限り不可能なのではないだろうか?

「かっぱらうって――あたし、金庫の鍵なんか開けられないわよ?」

濱田がもっともな疑問を口にすると、スリムはウインクして、

『その辺は任せてくれ。つまり――』

と概要を説明する。

「……そんなの、あり？」

『世の中ってヤツは常に裏があるものなのさ』

「どうやったら、そんな風に話を持っていけるわけ？」

「普通はできないよな」

結城はカメラアイの穴を睨みつけた。

「スリム・シェイプ――あんたは一体、何者なんだよ？」

『――――』

包帯イタチはその眼をすうっ、と細める。そういう仕草は本当に生き物のようだ。

『だから――悪党だよ。悪党なら色々と、世の中の裏側ってヤツに精通してるもんだろう？』

理由にも何にもなっていない説明をした。

「なるほど」

と濱田が素直にうなずく。

「〝なるほど〟じゃねーよ」

結城はため息をついた。

『では、張り切って頑張ってくれたまえ！』

言われて、二人は立ち上がった。動き始めながらも、結城は心の中で、

（なんだかなあ……）

とぼやいていた。

なんだって自分たちは、こんなスパイだか泥棒だかわからない、どう考えても犯罪の、危ないことをやる羽目になったのか——彼は昨日のことを思い返していた。

＊

『そいつの名前は宇治木貢。仕事の肩書きは経営コンサルタントってことになってる』

カーナビの画面でスリム・シェイプは楽しそうに説明している。

『こいつが君たちを犯罪者に仕立てた張本人だよ。いや手際がいい。まずニュースで流してしまえば、警察は嫌でもやっきになって捜査せざるを得なくなってしまうからな。君たちの名前や住所はすぐに割れてしまうだろう』

「んな……」

濱田は茫然としている。

ドラッグストアの爆発から必死で車で逃げてきて、今、彼らはその景観で名高い港町を見おろす山の手にある道路に車を停めている。

周辺には、同じように車がたくさん停まっていて、そしてそのどれにも彼らと同じように男女の組み合わせで人が乗っている。

住宅街の一画にあるごく普通の道路に過ぎないのだが、ここはカップルが車で乗り付けては停車して夜景を見ながらロマンチックに何時間も云々、という名所になってしまっているのだつた。もちろん周辺住人は迷惑しているので警察に取り締まってくれと言っているのだが、警察はスピード違反の暴走族や違法駐車の摘発はできても、人が乗っている車を無理矢理動かすことはできないのでお手上げ状態になっている。

——そのおかげで、今の結城と濱田にとってはこれほど都合のいい隠れ場所はない。

(しかし——なんでこんな場所のことまでこいつは知っているんだ?)

結城は画面の包帯イタチを見ながら心の中で呟いた。

(まるでいつもいつも、どこに逃げ込めば安全かということを考え続けているみたいじゃないか)

相当に〝悪いこと〟をし続けていなくてはなかなかそういうところにまで気が回らないだろう。

『——だが心配は無用さ!　このボクに任せてくれれば、犯罪者が一転してみんなのヒーローに早変わりだ!』

包帯イタチは馬鹿みたいに陽気な口調で言い放つ。

『〝ホーリィ&ゴースト〟はみんなの憧れになり、その名前はサイコーにCOOLな称号となるであろう！　ってね――』

踊りながらものすごい早口でまくし立てるので、結城も濱田も口を挟めない。

『なあに原理は簡単だ。世の中の誰でもやってることだ。ワルにはワル。チエーホフの格言にあるんだが〝真面目なヤツがちょっとでもサボると皆は糾弾するが、怠け者が仕事をしなけゃならんと叫ぶと今度は喝采《かっさい》する〟という例の手だ。わかるかな？　何、わからない？　しようがないなあ、つまり早い話が皆は今、君たちのことを大悪党だと思っているが、これが実は良いことをしていたのだということになると、途端に悪評は逆転して一気に名声に早変わりってわけだ。罪人のジャン・バルジャンは実はいい人ああ無情、ってことだな。んー。で、ここでのコツはしばらくは悪評を広めておく方がいいってコトだ。すぐにひっくり返しちゃ効果が薄いだろう、んん？』

画面の中で包帯イタチは腰に手をやって、後ろにふんぞり返る。

『何かご意見は？』

「――――あ、あー……」

一気に喋られて、なにがなんだか正直わからなかったが、濱田はようやく、

「要するに……もっと悪いヤツをやっつけるとか、警察に知らせるとか、そういうことをしろってこと？」

『大当たり《ビンゴオ》！　素晴らしい頭の冴《さ》えだ！』

大袈裟《おおげさ》にうなずいてみせる。オーバーでないリアクションがまったくない。こいつはホンモノのワルだ』

『そこで登場するのが、君たちをハメた張本人の宇治木貢って訳だ。

「俺には、あんたも同じくらいに悪人のように思えるがな」

結城の皮肉っぽい言い方にもスリム・シェイプはニヤニヤしているだけだ。

「でも、どうしてその人が悪者なの？　人でも殺しているの？」

『正確に言うとだ、そいつ自体が悪いとか犯罪的だとかいう訳でもない。いや無論、人を人とも思わぬ冷血の悪人は悪人なんだが、問題なのはこいつが持っているモノの方にこそ、ある』

「なんなの、それ」

『そいつがロック・ボトムだ』

その名前は前にも聞いた。意味不明の単語だ。

『それはどこにでも作用する、誰にでも無縁ではいられないモノだ。こんなものが存在していることを世の中の人が知ったら、とても正気ではいられないだろうぜ』

「…………」

結城と濱田は、ちょっと言葉に詰まった。

「な……なんなのそれって？　毒ガスかなんかなの？」

『うん、近い』

「ち、近いの？」

『近いが——しかし、それどころではない、、、、、、、。人間が生きている環境をというものを考えてみると、そいつは核兵器にも匹敵する邪悪なモノだ』

そしてスリム・シェイプは〝ロック・ボトム〟の何たるかを二人に説明した。

濱田と結城は、今度こそ本当に絶句してしまった。

「——————」

「………………」

『どうだ？　とんでもない〝悪〟だろう？』

包帯イタチは肩をすくめながら、吐息と共に言った。

「……マジかよ？　……どうしてそんなとんでもねえモノを、その宇治木って男は持ってんだよ？　そういうのは軍隊とかがこっそり隠しておくモノじゃねえのかよ？」

結城が訊ねると、スリムは首をゆっくりと左右に振りながら答えた。

『そいつは長い話だ。だが要点をまとめると、元々ロック・ボトムは君たちの考えているような、でかい組織だかなんだか、そういうものによって開発されたのは確からしい。だがその中の裏切り者がそいつをガメて、こっそりと隠してしまった。だが——その裏切り者はやりたかったことの途中で死んでしまった。そしてその遺産を横取りして自分のモノにしたのが——』

「それが、その宇治木ってヤツなの？」

『そういうことだ』

スリム・シェイプは画面の中で腕を組んで、うむうむ、とうなずいた。

「でも、信じられないわ――そんなもの、ほんとうにあるの？」

『だから、警察に言っても信じてはもらえないだろうな。ましてや宇治木は有力者だ。ただの嫌がらせだと思われるのがオチだ』

「……それで、あんたはそんなものに対して、何をしたいんだ？」

『とりあえず、脅迫して金をせびることで相手に隙を作らせようとしていたんだが、どうにも舐《な》められててうまいこと行かない。それで色々と宇治木の周りの会社とかを揺さぶっている状態だな』

「あの爆弾も、そのひとつだったのか……」

結城が忌々《いまいま》しげに呻いた。

『まあ結果として、まんまと向こうが罠《わな》を張ってきてくれた訳で、正に災い転じて福と成すってヤツだな』

スリム・シェイプは悪びれずに言った。

「罠に、自分から進んで掛かるってのか？」

「危ないんじゃないの？」

『おーっと――言っておくが、既に君たちは罠に掛かっているんだぜ。選択の余地は他にはないんだ』

包帯イタチはせせら笑う。

「…………」

さっきから結城は、この突発的な事態の連続に対して、驚きや恐怖よりも、奇妙な苛立ちを感じていた。

(なんか――中途半端だな)

爆弾事件から命からがら逃げ出してきて、今や自分は、国中に手配書が回るほどの存在になってしまったのだが、それでもどこか切迫感がない。

(なんだかこれじゃあ、どこかにバイトに雇われて、トラブルが起こったから残業してくれないか、って言われてるみたいじゃないか?)

世の中の裏側の、それもおそらくはかなり深い闇の部分に接触しているはずなのに、彼の側にいるのはマンガのイタチと、眼の周りに痣を付けた女の子である。

どこかで――すごく馬鹿馬鹿しいことに関わっているような気がしてならなかった。

「ヒーローになれ、って?　あたしが?」

濱田もとまどっていたが、しかしこっちは結城のような屈折した混乱はない。

それどころか、逆に眼がキラキラしてきていた。

「あたしたちが頑張らないと、みんなが大ピンチということなのね?」

『そうそう。その通り！』

スリム・シェイプは指をぴっ、と立てた。

『世界の運命は君ら二人の肩に掛かっているんだぜ』

（……んなオーバーな——いや）

結城は呆れかけたが、だがさっきの話が正しいのなら、それは決して大袈裟でも何でもないのだと気がつく。

しかし——

ついさっきまで、彼はいつものようにふらふらと夕暮れの通りを歩いていただけなのに、ちょっとした気まぐれでこんな状況に置かれてしまったのが——ひどくアンバランスな、前後の辻褄《つじつま》があっていない出来事のように思えてならないのだった。

……それから結城は家に電話して「しばらく旅に出るから帰らない。学校の出席日数には影響しない程度だ」という素っ気ない電話を入れた。電話の向こうで母親が絶句する気配が伝わってきたが、何も言ってこないので「そういうことで」とすぐに電話を切った。

（まあ、ニュースはもう見ているよな）

疑われているのは間違いないだろう。警察に自ら通報しているかどうかはわからないが、していたとしても別に結城は親に裏切られたという気にはならなかった。

両親が家では個室にこもってばかりの彼を理解しようという努力を放棄してからだいぶ経っているし、それは彼の方も同じだったからだ。まともな会話を最後にしたのがいつだったのか、彼には思い出せなかった。

「なんか——殺伐《さつばつ》としてるわね」

横の助手席で、濱田が嘆息した。

「親に話をしているっていうより、探偵が依頼人に報告してるみたいな口調だったわよ」

「そういうあんたは？」

結城の問いかけに、濱田は肩をすくめた。

「あたしは一人暮らしよ。自立してんの、これでも」

「仕事してんのか？」

訊かれて、濱田は少し嫌な顔をした。

「——それ言われるとちょっと気まずいんだけど。バイトは——半年ぐらい前に馘首《くび》になって

て」

「……男の部屋に住んでたのか？」

「いやあ、まあその、ね——」

「で、そいつに殴られて、逃げ出してきたところだったのか？　じゃあ——自転車を盗もうとしていたあんとき、ほんとにどこに行くか全然わかってなかったわけか」

結城は呆れた。

へへ、と濱田は照れ笑いをした。そしてきっぱりと、

「でも、戻るつもりとかはもう全然ないから。うん、これはもう決定」

と、まっすぐに結城を見つめながら、言い切った。嘘をついてもいなければ、無理矢理さもない口調だった。

「なるほどね」

結城はそれだけ言って、黙ってしまう。納得したらしい。

（――しっかし、変な男の子だわ）

濱田は、薄暗い車内で結城玲治の横顔をしげしげと眺めた。

とんでもないことが連続しているのに、なんだか彼は淡々としている。今も、彼女のあまり誉められたものでもない話を聞いても、それは都合がいいじゃないか、という感じである。

カーナビの画面も、今は普通のテレビ番組を流している。スリム・シェイプは一時間ほど前に消えてしまって、それから出てこない。二人はこの車内で、このまま夜を越して明日の夜明けまで待たなくてはならないらしい。

テレビでは、くだらない深夜番組がだらだらと流れている。

窓の外には、カップルたちがため息をつく美しい夜景の、無数の明かりが消えることなく広がっている。

濱田はちら、と車の後部座席に眼をやる。

そこには昼間、どこかの企業から脅し取ったという大金が積まれている。

おそらく、何億円とあるのではなかろうか。

これは二人が好きに使って良いらしい。

「はあ――」

つい、ため息が口から漏《も》れてしまう。

「あ？」

結城が彼女の方を見る。

「なんだ」

「ねえゴースト」

「あんたって、どっから力を持ってくんの？」

「なんのことだ？」

「いやさ、さっきもいきなりあたし連れて逃げてくれたし、最初の時もいきなりスクーター壊したり、突然すごい無茶するじゃない。今はこんなに、ぼーっ、としてるだけなのにさ」

間抜けみたいな言われ方をされても、結城は特に怒った様子も見せずに、

「じゃあそっちはどーなんだよ。〝強盗〟したのはそっちだぜ。あんたはなんかパワーになる因《もと》でも持ってんのか？」

「え？」

「家族も彼氏も、あんたにはもうどうでもいいんだろう？　友だちだっているとも思えない。それじゃあ、何があんたの支えなんだよ」

結城のもっともな問いに、濱田はちょっと視線を宙にさまよわせて、

「あたし？　あたしは――そうね、なんかさ〝明日はきっとなにかあるんだ〟ってどっかで信じているわよ、うん」

と、一人うなずく。

「今は最低かも知れないけど、明日になればなんとかなるって、ね」

この濱田の素朴な人生観に、結城は「ふん」とあからさまに馬鹿にしたように鼻を鳴らした。

「明日、ねえ」

「な、なによ」

濱田はムッときた。だがそんな彼女の不機嫌に構わず、結城はさらに言葉を続ける。

「明日《あと》になれば、自分を殴ったりしない白馬に乗った王子さまがやってきて、幸せになれるのか？」

「まさか！　いくらあたしでも、王子さまなんているとは思わないわよ。明日ってのは、自分も含めて、よ。いつかあたしが、なんていうか――うまくやれる時が来る。あたしはどっかでズレてるけど、それがいつか、ぱちっ、とうまくハマるときが来るのよきっと」

「今日は駄目だけど、明日ならなんとかなる、ってわけか？」

「そうよ。そういうこと信じてて悪い？」

「ああ悪いね。そんなことばっかり言ってるから、カスみてーな男にばかり引っかかるんだよ」

「なによそれ？　ひっどいわねえ！」

濱田は本気で腹が立ってきて、強い声を出した。

だが結城の方も、どうやら本気でムカついているらしい。こっちも強い声で言う。

「明日になればもっといいヤツが現れるとか思ってるから、今は手近の適当な男でいいやとか思ってんだろう。相手もそれで〝こいつは簡単な女だ〟とか舐めてかかるから、すぐに殴るんだよ」

言われて、濱田はぎくりとした。なんだか——痛いところを突かれた気がした。

「そんな——そんなことはない……わよ」

「どーかね」

「………………」

濱田はむーっ、と頬を膨らませて黙り込んだ。

結城も平気な顔で、そのまま口を閉ざす。

「………………」

しばらく、沈黙が続く。

やがて先に痺《しび》れを切らして、濱田の方が口を開いた。

「——ねえ、じゃあそういうゴーストはどうなのよ。明日にはいいことがある、とか思わないの？」

「思えないね」

彼は即答した。

「どうして？」

「今だってロクでもないんだ。明日だってきっと似たようなものだ」

「夢がないわねえ」

「夢ってのは、明日やるから今はサボってもいいって言い訳にしか思えないがね」

「優等生の言いそうなことね！　予習復習はその日の内に、ってわけ？」

「じゃあ明日になったら、ほんとうに夢みたことをやれるのかよ？」

結城の鋭い問いに、濱田は少したじろいだ。

「——それは——わからないけど、でもわからないじゃない」

「わからんわからんと繰り返してれば、明日はなんとかなるのかよ」

「明日は——」

「そんな明日なんて来ねーよ、永遠に」

結城は天井の暗闇を睨《にら》みながら、押し出すように言った。

このとき、彼の頭の中では、

〃おまえはこのままでいろよ〃

という、あのときの言葉が繰り返して聞こえていた。

「………で、でもさ」

濱田がおずおずと言った。

「今は？　そりゃああんたは優等生でさ、ヤバイことたくさん知ってる癖に成績も良くてさ。そういう変わり者の隅っこのヤツで済んでたけど、でもさ、これからはそうも行かないんじゃないの？　あんたはもう〃ホーリィ&ゴースト〃の片割れなのよ。フツーの人生は絶望じゃないの。うまくいっても普通人にゃなれないわよ？」

「はっ、あれはスリムの野郎が脅してるだけだよ。正体がバレても、一時は有名人になるかも知れないが、いずれ、すぐにみんな〃そんなヤツいたっけ〃とか言い出すんだよ。人はすぐに忘れる」

「あんたって……なんか」

濱田は首を振った。

「昔になんかあったの？　どうしてそんなに醒《さ》め切ってんの？」

「何もねーよ。何もねーから——こうなった」

結城は言いながら、俺はなんでこんなことをこの女に言ってるんだろうと思った。

「あたしにだって何もなかったわよ」

濱田は膝を胸の前に立てて、抱え込んだ。

「周りはロクでもないし、いいことだと思ったものはみんな、時間が経つとゴミみたいなものに変わっちゃうし」

「それは男のことか？」

「それもあるし、それだけでもなくて、とにかく——あたしに言わせれば、あんたみたいなのはどっか甘ったれてるの。あんたみたいなのが世の中をつまらなくしてるのよ」

結城は、少しムッとした顔になった。

「つまらねーのは世の中の方だろう」

「そう言って、それだけで黙り込んでりゃ立派に〝つまらないお仲間〟の一人だと思うわ。もったいないわよ。あんたって、クラスだとただの暗いガリ勉野郎ってことにしかなってないんでしょう？　実際はメチャヤメチャなのに」

「それはそっちの方だろう」

結城は苦笑した。

「そうね、それは否定しないわ」

濱田はくすっ、と笑った。

3・

その金融会社は結構お洒落《しやれ》なテナントビルの一室に置かれていた。

その前に、二人はやってきた。

「……ここか」

「なんか――おっかないわね」

彼女はサングラスを掛けている。青痣の方は一晩経ったらほとんど消えたので擬装用ではない。ただのお洒落だ。

そう、こういうことはやはり黒眼鏡をかけてやらなくては決まらない。

横の彼も、つきあいで同じ物を掛けさせられている。さっきコンビニでひとつ千円で売っていた安物だが、二人が揃って掛けていて、しかもこれからの状況を考えるとなかなかにそれは効果的なファッションと言えた。

なにしろ彼らは、これから金庫破りの強盗をするのだから。

濱田聖子と結城玲治――〝ホーリィ&ゴースト〟の二人組《ユニット》としての活動がいよいよ始まってしまったのである。

「うー、緊張するわあ」

彼女はぶるっ、と身体を震わせた。しかしそれが怯えではなく武者震いであることは彼にはわかった。

「少しは落ち着け。そんなに大層なものじゃない」

「相変わらずクールね。〝初仕事〟よ？　少しは感動しなさいよ」

「世間的には、前の爆破事件の方が先だろーが」

「ちぇっ、盛り上がらない男ね」

文句を言いながらも、二人はそのビルに足を踏み入れる。オープンなロビーには別に警備員とかはいないので、怪しまれることもなくそのままエレベーターに乗る。

七階のボタンを押すと、機械はなんということもなくただ上昇していく。

そして他のどの階にも停まることなく、目的のファイナンス会社に到着した。

ドアが開くと、そこはもうその会社の入り口である。

がらん、としていて人気がない。受付らしいものには席がいくつもあるし、その奥のオフィスにも机が並んでいるのだが、人がいない。

「……誰もいないぞ？」

「あれ、変ね？」

二人は辺りを見回した。忍び込んだ泥棒にしてはおかしな態度ではある。

すると、エレベーター横にある扉が開いて女性がひとり出てきた。事務服を着ているところを見ると、彼女はここの社員らしい。

彼女は二人を見ても驚きもせず、ああ、とうなずいた。

「あんたたちがスリムさんの使いね？」

「ああ」

「ごめんごめん、ちょっとトイレ行ってて。このビル、女性用と男性用が同じ階にないのよ。――ああ、そんなことはどうでもいいわね。話は聞いてるんでしょう？　まあ、手早くやっちゃって」

彼女は二人をオフィスの奥に案内した。そこにはでん、とやたらに大きな金庫が置かれている。

「他の人たちはどうしてるのかしら？」

「今は、でかい取り立てでみんな出払っているわ。他の債権者を出し抜いて、工場三つとビル二つの差し押さえができるかどうかってところらしいわよ。昔だったら、作戦本部だとか言ってここに社長とかいたもんだけど、今は携帯電話でどこでも連絡が付けられるから、みんな出てしまうようになったのよ」

説明されたが、金貸しのことなど全然知らない濱田は、はあ、と生返事するだけだった。とにかく他の連中は遠い場所で仕事中で、本社オフィスに寄るどころではないらしいのは確かなようだ。

　結城が金庫の前にしゃがみ込む。電卓みたいな装置が扉に付いている。これが鍵のようだ。こういうシステムだと、いわゆる鍵師のような人でも決して開けられない。

「暗証番号を知っているのは？」

「社長と専務だけよ。メモも取っていないはずなんだけどね」

　しかし、スリム・シェイプの言った番号を打ち込んだら金庫はあっさりと開いてしまった。

（どこで番号を知ったんだ？　——確かに暗証番号の解析はハッカーの得意技ではあるが……あのＣＧといい、スリム・シェイプはコンピュータ関係のエキスパートらしいな）

　金庫の中に、紙幣はまったく入っていなかった。その代わりに言われたような債券類が山と積まれていた。

「ねえねえ、あんたたちもやっぱり出会い系サイトでスリムさんに誘われた口なの？」

　事務服の彼女が興味津々《しんしん》、という感じで訊いてきた。

「え？」

　濱田はきょとん、とした。しかし向こうは構わずに、

「いや私もさ、最初は単なる暇つぶしだったんだけどさ、スリムさんの話を聞いてるうちに自分がやってることが馬鹿馬鹿しくなってきてね——」

　彼女はやれやれと首を振った。

「ちょうどいいから、これを機にこの会社から離れて田舎に帰ることにするわ。見合いでもして」

「……あんたはスリムに、どんな風に言われたんだ？」

結城は持ってきたバッグに金庫内の紙切れを詰め込みながら訊いた。

「いや、早口でしょ。なに言ってるか半分も理解できなかったけどね、でも――『君は自分が周囲に対して何の影響力のない人間だって自分で決めつけ過ぎてやしないかい？』って言われて、なんか稲妻に打たれたみたいになって」

彼女は遠い眼をしている。

「なんか、あたしも手伝えるかな、とか思っちゃったのよ」

「なるほどね」

バッグにブツを詰め終わった結城と濱田は、一本のロープを取り出して、二人して事務服の彼女の身体に巻きつけ始めた。こういった道具は、すべてスリムの車に装備されていた物だ。

「痛いかも知れないけど、我慢してね」

ぎゅうぎゅう遠慮なく締めつける。

「――わっ、ホントに痛いじゃない。痣になるかしら？」

「そのぐらいでないと疑われるぜ」

「そ、そうね――」

やがて彼女は足まで縛られて、完全に身体の自由を奪われた。

そして結城が一本のスプレーボンベを彼女の顔の前にかざす。ヘアスプレー程度の小さな物だ。

「そういえば——あんたはロック・ボトムのことを知っているのか？」

最後に結城は彼女に訊いた。

「へ？　なにそれ？」

「知らなきゃいい」

自分は口と鼻を押さえた状態で、結城は彼女にスプレーを吹きかけた。彼女はたちまち意識を失って、眠ってしまう。

「うわ、魔法みたい」

濱田が感嘆の声を上げた。

二人はさらに意識を失った彼女の口に猿ぐつわを嚙ませて、目立たないところに運んでいった。

そして、何食わぬ顔をして再びエレベーターに乗る。

「しっかし——えらく簡単ね、金庫破りって」

濱田が嘆息した。

「もうちょっと緊張感あるものかと思ったんだけど」

「だから言ったろ」

結城は醒めた口調で言った。

それから二人はすぐに盗んできた物を、わざわざ郵便局に行き、速達で検察局に送りつけた。

その債券やら契約書などは、不法な高利で金を貸したことを証明してしまう物らしく、もう返済者側は元金に相当する金額を返した後にも関わらず、利子すら払い終わっていないとまだ取り立てられる源になる物らしい。結城も濱田もその辺のことはまるっきりわからなかったのだが、とにかく指示通りにそれを告発するのと同じような、ある意味で密告ともいえる行為を実行したのであった。

これで、厳しすぎる取り立てに苦しめられていた人々があるいは救われたのかも知れないが、どう考えても犯罪ではある。

「でも、かなりカッコイイんじゃない?」

濱田は気を取り直したらしく、またはしゃぎだしていた。

場所は大型百貨店やら各種の専門店が集まっている駅前ビルの、その屋上のベンチである。手にはジュースとホットドッグを持って、まったく自然だ。周りも人だらけ。そんなところで大胆というかなんというか、二人とも臆面《おくめん》もなく顔を晒《さら》している。

人は多すぎて、逆に誰も彼らの方を見ていないし、話も聞いていなかった。どう見てもそこら辺のカップルにしか見えないというのもある。

「さて、どうなるかな」

結城は、きっと今頃はもうマスコミに情報がリークされているのだろうなと思っていた。スリム・シェイプの目的が宇治木貢とロック・ボトムを表に引っぱり出すことなら、きっとそうするだろうと思っていた。ホーリィ&ゴーストの次なる犯行は意外にも——というのは格好のネタで、きっと話題にされるだろう。

「もしかして、あたしたちって今、人生でも一番カッコイイことしてる時期なんじゃないのかしら？」

濱田は夢みるような口調である。

「あんまり浮かれるなよ。結局、俺たちはあのスリムの言いなりになっているだけの道具なんだぜ」

「あーっ、そういうこと言うの？　いいじゃない。だってさっきのは完全に人助けをしたようなものよ？　言いなりだろうがなんだろうが、それは変わんないわ」

胸を張って言う。

「…………」

簡単でいいな、と結城は彼女のことをちょっと羨ましくなった。ところがそのとき、彼女は急に深刻な顔になって、

「あ」

とはっとした顔になる。

「なんだ、どうした？」

「最高にカッコイイってコトは——もしかしたら怖いかも知んない」

真剣な顔でうなずく。

「何のことだよ？」

「だからアレよ——あの噂の、人が一番輝いているときにって、例の」

「何言ってんだよ？」

結城にはさっぱりわからないので、少し苛立つ。

「だから——ブギーポップよ！」

彼女は妙に、やや得意げな得意げな表情で言った。

「ブギーポップ？　なんだそりゃ」

「知らないの？——ああ、そうか。女の子の間でだけ有名な話だったか」

「だから、なんなんだよ？　流行の化粧法かなにかか？」

「死神よ」

「しにがみ？　そりゃどういう意味だ」

「言葉通りの意味よ。全身が黒ずくめで、筒みたいな形の帽子をかぶって、マントに身体をくるんで、どこからともなく現れて、人を殺していくのよ」

「なんだそりゃ。殺人鬼か？」

「そんなんじゃないわよ。ブギーポップは、その人が人生で一番美しいときに、それ以上醜《みにく》くなる前に殺してくれるっていう、そういうものなのよ」

「だって突然現れて人を殺すんだろう？　やっぱり殺人鬼じゃねーか」

「だから、そういうんじゃなくて……もう、なんて言えばいいのかなあ、もっとその……ロマンがあるのよこの話には！」

「ロマンねえ」

「だからさ、あたしたちがこの事件でかっこいいスターになるとしたら、その最高にカッコイイそのときにブギーポップが現れて、あたしたちは殺されちゃうかも知れないわよ。うん」

濱田は言いながら、自分で自分の言葉にわくわくするものを感じて興奮してきた。

「殺されるっていうのに、なんでそんなにウキウキした言い方をするんだよ？」

結城はなかばうんざりしていた。結局はつまらない噂話ではないか。

「だって……なんかこう、ビビビッ、とさ、胸に迫って来ない？　自分がそういう伝説みたいなものと同じところに立つなんてさ！」

濱田の眼がまたキラキラとしてきた。

「くだらねえ――」

「あらそうかしら？　あたしはそうは思わないなー」

「もしそのブギーポップとかいう奴がいるなら、そいつはロック・ボトムもスリム・シェイプも見逃したりはしないんじゃないのか。だとしたら俺たちがこんなコトしてる意味もなくなるだろう」

「そういうもんなの？」

濱田はきょとん、とした顔になる。結城は手にしていたホットドッグを口に放り込んで、くちゃくちゃ嚙みながら、

「ま、知らねえけどよ」

と言った。すると濱田は「うーん」と考え込みだしてしまった。

なんとなくその姿に結城は愉快なものを感じて、さらに付け足した。

「もしもブギーポップとやらがロマンとか夢のある存在なら、その〝敵〟らしい俺たちには、そういうものはないってことになるぜ」

「うーん」

「〝夢のない者は消えてしまえ〟って容赦なく、やられちまったりしてな」

嫌味ったらしく言ってやる。

「あー……それは、嫌だわ」

濱田は首を左右に振った。

「なんとか、うまく折り合いを付けられないかしらね？」

「死神に〝ひとつよろしく〟とか言うのか？」

「おみやげでも渡そうか。どんなものが好きなのかしら。ＰＷのアイスクリームとか？」

「あそこは、こないだ潰れちまったぞ。知らないのか？」

「えーっ！　どうして？　おいしかったのに」

「あのなあ——割と大騒ぎだったんだぞ。ニュースぐらい見ろよ」

「オジサンみたいなこと言うわね。あ、でも今はさ、自分たちの方こそがニュースで紹介されっかもよ？」

濱田はまたすぐ立ち直って、にや、と笑った。

「死神はニュースでなんか紹介されないぞ」

「じゃあもしかして、あたしたちの方が今やメジャーになりつつあるのかしら、ブギーポップよりも」

「あんまし、目立ちたくねえけどな——」

「まだそんなこと言ってるの？　もう手遅れよ」

濱田はけらけら笑った。

……自分たちの未来に何が待っているのか、この時の彼らに知る由もなかったが、しか言葉とは裏腹に、二人とも既に心の奥底のどこかで理解していた。

〃動き始めてしまった状況は、もはや停めることはできないのだ〃と——。

4.

——検察庁は送りつけられた封筒を開ける間もなく、スリム・シェイプが流していた情報に釣られたマスコミ各社が押し掛けてきていたので、あわてて動かざるを得なかった。そして捜査をしたらすぐに、それらを送ったのが黒眼鏡の男女であることが判明し、その背格好は例のドラッグストア爆破事件のビデオに映っていた人物像にほぼ一致してしまった。

ここで〃ホーリィ&ゴースト〃という名前が一気に世に広まることになった。そしてこれは始まりに過ぎなかった。

早くも翌日にはこの二人組は次なる事件を起こす。

夜中、空港の野外駐車場に忍び込んで、すべての車のガソリンを床に撒《ま》き散らして、その中でh&gと署名のされた「火遊びご用心」と張り紙を出しておいた車は、かねてより贈収賄《ぞうしゅうわい》の疑いのある建設会社の社長と愛人の車だったのである。あげくにその車内からは大量の麻薬が発見され……

「なんか——すっごくわかりやすく悪いヤツねコイツって」

「世の中、そうそう突拍子もない奴はいないってことだろ。それが悪者であっても、な」

「うーん。ワルってのもなかなかこせこせした悲しいもんなのねえ」

「あのなあ、それは同情してやってんのか？　それとも馬鹿にしてんのか？」


……これがガソリンを抜いた者の仕込んだ者なのか、車の持ち主が別の者に持っていかせる際に運ぼうとしたものだったのか、大騒ぎになった。

ふたたび強盗も起こした。今度は一級の画家が描いたとされる絵を、警備員を気絶させ縛り上げて持ち主だった会社から奪い取ったのだ。だがこの絵はまたしてもすぐに警察に送りつけられ、しかもどうやらそれは贋作《がんさく》らしいことが判明し……


「本物だか偽物《にせもの》だか知らねーけど、どっちにしろ間抜けだな」

「絵ってよくわかんないんだけど。でも見てナンボのものじゃないのかしら。こんな風にしまいこんでて、どーゆー意味があるのかしら？」

「土地みたいな物なんだろ。値段を誰かがつけて、その額の札束みたいなモンなんだろーよ」

「そういや、土地ってなんで値段がついてんの？　場所は変わんないのに安くなったり高くなったりするのはどーゆーこと？」

「俺が知るか」

……盗まれたのがその絵だったのか、それともすり替えたのかこれまたわからず、持ち主と絵を売りつけた画商やら鑑定をした者たちの間でこれまた大騒ぎになった。

すべてが真に二人組の仕業だとすれば、彼らは一体どういう罪を犯していることになるのか、法律に照らしてみると色々な罪状が二重三重に重なり、一週間足らずで、彼らの犯罪容疑は実に三十四を数えることになってしまった。逮捕後の裁判が行われるとして、どの罪状から始めてよいのかわからなくなるほどであった。

だが、その陰にある〝スリム・シェイプ〟という名前を知る者は当事者以外におらず、その名はまるで広まることはなかった。

【第三犯例】

器物損壊

他人の物を損壊し、又は傷害した者は、三年以下の懲役又は三十万円以下の罰金若しくは科料に処する。

〈刑法第二六一条〉

1.

その大きな白い建物は少し都市から離れた郊外の、山道を登ったところにあった。

それは病院だった。ただし、一般の外来患者はまず訪れることはない。だからここに病院があることを知る者もそんなにはいない。

そこに、革のつなぎを着込んだ一人の少女がバイクでやってきた。

「――――」

彼女はまったく迷いのない様子で、エンジン音を極力立てないようにしながら病院敷地の決められたルートを走っていき、指定されている駐車場に到着した。

駐車場前に待機している警備の者も、彼女がヘルメットのバイザーを上げるとすぐにうなずいて、

「ああ、霧間《きりま》さんか。どうぞ」

と、簡単に中に導き入れる。

バイクの彼女は、病院の正面受付も顔パスで通ると、広いフロアを抜けてエレベーターの方に向かう。

ボタンを押して、到着を待っている彼女の周囲に物音はない。誰もいないのだ。遠くの事務

室に人の気配があるだけで、病院はがらんとして、閑散としている。

しかし床はぴかぴかに光っており、経営が苦しい様子はない。

「………」

彼女はやや厳しい顔をしている。この場所それ自体を、彼女はどうやらあまり好んではいないらしい。ここではないが、自身も長いこと入院していた過去があるために、病院に対して複雑な印象が彼女にはあるのだった。

彼女は七階に来て、医師のいる個室にまず顔を出した。

「やあ霧間さん。よく来てくれたね」

彼女はうなずいて、そしてすぐに訊ねる。

「彼の様子はどうですか？」

医師は頭を左右に振る。

「あまり良くない——君も知っているように、江守《えもり》くんは合併症も起こしている。正直、ここ数年ずっと危篤《きとく》状態のままで居続けていると言っても過言ではない」

「譲《ゆずる》は、まだあれをやっているのですか？」

「ああ。——いや、あれが今や彼の心の支えになっている以上、一概に疲れるからやめろとも言えなくてね。それに——君にならわかるだろう？　ここは一般の病院とは少しばかり治療の基準が違うから」

「彼に会えますか？」

彼女の言葉に医師は微笑んだ。

「本来なら面会謝絶なんだろうが――君は彼の、おそらくたった一人の友人だ。断ることはできないよ。彼には、しばらく家族すら会いに来ていないんだ」

「………」

「まあ、入院費用は前払いでもらっているから、文句を言うべきことではないんだが。しかし、いくら名家だからって、こんな厄介《やっかい》払いみたいな――」

言いかけて、医師は首を振った。

「いや、口が滑ったな」

「彼は今、起きていますか？」

彼女は静かに訊く。

これに医師はため息をついた。

「彼が睡眠状態にあるのか、覚醒《かくせい》しているのか、我々ではもうその違いを測定できない。ただ――話はできる。そういう意味ではいつ寝ているのかわからないくらいだよ。君が来たと知ったら、きっと喜ぶ」

二人は個室を出て、階の南側に位置する大きな病室に入っていった。

その中央にはベッドがあり、そして周囲にはさまざまな機器類が山のように積み重ねられている。医療機器ももちろん多いが、それよりも用途のよくわからないコンピュータらしき物がいくつも並んでいて、無数のコードでつながっている。

それらはひとつの太いコードに合流して、ベッドの横に設置されたキーボードとモニターに接続されていた。

キーボードの上には、左手が置かれている。その手だけを見るならば、それは綺麗《きれい》な細い指の、やや静脈が多めに浮いているだけの普通の手である。

だが、ベッドに横たわっている人物そのものは——喉《のど》に呼吸用の穴を開けられ、身体中に点滴や投薬用の管が差し込まれている彼の身体は——見る影もない。体毛のほとんどが抜け落ちてしまっているし、口の周りの筋肉が萎縮《いしゅく》しきっていて、歯が剝《む》き出しになっている。

その彼を、彼女はなんの動揺もなく、ただ見つめている。

「譲——オレだ。霧間凪《なぎ》だ。わかるか」

彼女の問いに、彼の顔はまったく動かない。だがその左手だけがキーボードの上を走った。

するとベッド横のモニターに文字が浮かび上がる。

『これはこれは——ようこそ。そろそろ君が来る頃だと思っていたよ、炎の魔女』

その〝言葉〟に彼女はかすかにうなずいて、

「すみませんけど、先生——譲と二人っきりにさせてもらえませんか」

と医師に言った。彼は素直に従って、退室した。

『ときに、羽原《はばら》くんはどうしている？　君の足を引っ張っていないだろうね』

モニターに浮かぶ字の方は無視して、凪はやや低い声で静かに言う。

「あんまり感心しないな——スリム・シェイプよ」

彼女がその名を口にした途端に、モニター画面に奇妙なものが出現した。

『ほう？　なんのことかな？』

包帯イタチのアニメーションは、まるで生きているかのような動作で凪に話しかけ、ウインクしてきた。

キーボードの上では、左手が恐ろしいほどの速さで動き続けている。

「あれはおまえの差し金だろう。あの〝ホーリィ&ゴースト〟というのは」

凪はアニメの方は見ない。あくまでもベッドの上の、左手以外は動くことのない人物から視線を逸《そ》らさない。

『HAHAHA！　まあ、君にはお見通しだろうと思っていたよ』

包帯イタチがオーバーな動作で天を仰いだ。

「あの二人自体はトーシロの一般人なんだろう？　おまえの仕事に巻き込むのは感心しないな」

『仕事？　いやいや、ボクのこれは君の〝正義の味方〟とは違って、ただの道楽の暇つぶしだよ。ま、やってることは似たようなものだがね』

「…………」

凪は鋭い眼で、ベッドの上の彼を見つめている。

『君はブレイン・ダメージ事件を覚えているかな？　君とボクが出くわしたあの事件さ。あのときも君は髄液《ずいえき》を奪われかけていた人々を救うために行動していたが、ボクの方は、ＨＡＨＡ、連中が我がものにしようとしていた特許の産み出す富の方こそが狙いだったからな。君は世間から見れば変人だが、実は誰よりも正しい。しかしボクの方は――』

画面の中で包帯イタチは、大袈裟に首を振りながら肩をすくめる。

『ただの悪党さ。もっとも君に逆らうつもりもないがね』

このベッドの上の、左手以外の自分の身体を動かすことすらできない彼は、だがその知性を以て、ネットワークを通じて世の中の裏側に通じ、密かに影響力を行使しているらしい。

それは〈炎の魔女〉と呼ばれている霧間凪のしていることとほぼ同じことのようだ。この二人は、外見も立場もまるで様子は異なるが、それでも〝似たもの同士〟と言える同類の存在なのだった。

「スリム・シェイプ――何を探っている？　寺月恭一郎の遺産というのは一体なんなんだ？」

凪の質問に、スリムはニヤニヤ笑って、

『知らない方がいいよ？　どうせ君のようなタイプでは歯が立たない領域の話だ』

「最初はただの隠し資産――株とか証券の類かと思っていたんだが……あんな〝ホーリィ&ゴースト〟なんかを使っているところを見ると、もしかしてもっと物理的な脅威なんじゃないの

『だったらどうするね。君の出番だというのかい。ボクには任せておけない？』

「………」

凪は少しのあいだ、無言で彼を見つめた。やがてため息と共に呟く。

「……助けはいらないようだな。だったらこっちも勝手にやるからな」

この言葉に、包帯イタチが大笑いする。

『HAHAHAHAHAHAHA！——まあお好きなように。しかし君のそういうところがボクは好きだよ。哀れな江守譲を前にしても、決して同情も容赦もしないその態度がね。君はどんなに醜《みにく》い相手でも尊敬と友愛を忘れない慈悲深い人なのかな？　いやいや——そんなものではないよね』

「………」

『ボクにはわかるよ、炎の魔女——君だってボクと同じなのさ。君が数年前に罹《かか》っていて、そして自然治癒してしまった、発作的に全身に異様な激痛が走って内臓器官にパニック症状が出る謎の奇病——もう今となっては原因も何もかも不明だが、君だけはわかっている——それが本当は治っていないということが』

「………」

『今はただ、症状が停まっているだけでいつ再発するか知れたものではないことを、他の者たちは知らなくとも、君だけは理解している。だから君には、誰も理解できないはずの、ボクの〝動機〟がわかるのさ。もっとも――』

スリム・シェイプのアニメが、やれやれと首を左右に振る。

『――ボクの方は、君のことが正確には理解できないんだけどね。君のその〝強さ〟がなんなのか、想像を超えている』

「――だったらなんなんだ」

凪は冷静な声で問い返した。

「オレたちが理解し合っていようがいまいが、それで現在の事件に変化が生じるのか？　問題はあの、おまえが巻き込んでいる二人組のことだ。オレには彼らの先には、あんまり歓迎できない未来しかないように思えるがな」

『未来のことは誰にもわからないさ』

「そういうお為《ため》ごかしはよせ。なんだか……ブギーポップみたいだ」

『フムン？　それは例の、君が何度か出くわしているという死神のことかい。本当にいるのかね。君自身の偽装じゃないのか？』

凪は少し顔をしかめながら、首を横に振った。

「オレには、あいつの動機こそが理解不能だ。あいつの言っている〝世界の危機〟の意味がまったくわからねーよ」

『世界の敵、か。——そうだね、あるいはボクは、ほんとうはそういう者になりたいのかも知れないな。そのときにはブギーポップはボクを殺しに来てくれるのかな？　君はどうだい』

「敵になったら、戦うだけだ」

凪はきっぱりと言った。

『うん、実に君らしい。そして、それはボクに対しても同じだよね、炎の魔女』

この問いかけにも、凪は即答する。

「そうだ」

2.

テレビのニュース番組が、道行く人々にカメラを向けマイクを突きつけてインタビューしている。

〈あなたは、ホーリィ＆ゴーストと名乗る二人組のことをどう思いますか？〉

「えーと、そうだなあ。なんだか嘘みたいだよね。ほんとうにあんなのいるのかねって思っちゃうよね」

「いや、あれはきっと何かのやらせだよ。どっかの企業がライバル会社を貶《おと》しめるためにやってるんだよ」

「きっとあれですよ、外国の犯罪シンジケートとかなんとか、ああいうギャングの類《たぐい》でしょう。日本人って感じしないもの」

「いや、いいよアレは。（しかし、犯罪者ですが？）いやだってさ、なんか悪いヤツを暴いているみたいじゃない。世の中にはああいうのがいてもいいよ」

「私は感心しません。ええ感心しません。自分に後ろめたい気持ちがあるから名乗りでないんですよああいうのは」

「なにそれ？　聞いたことないわ」

「若い奴が無茶してるだけなんじゃないですか。でも、ああいう無茶はなんか急にキレたりするようなのとはちょっと違ってて、変な言い方ですけど、ホッとする感じもありますね」

「なんか気持ちはわかるような気もするけど――どっかでみんな、ああいう風に暴れたいって言うのかな、うん、自由な感じがするよ」

「……好き勝手言ってやがる」

ホテルに置かれているテレビを見ながら、結城玲治はぼやいた。

「なにが自由だか――」

スリム・シェイプの用意してくれたクレジットカードで、一流ホテルのチェックインさえも楽勝だった。なんだか本当に、夢みたいというか、都合の良すぎる話である。警察も必死で二人組を追っているのだろうが、目撃証言やら何やらを足しても、男女のカップルということぐらいしかわかっていないので、あまりにも捜査範囲が広すぎて混乱しているようだ。動機も不明で、そっちの方から追うことはほとんどできていない。

(俺から辿《たど》られると思ったんだが……)

最初の事件が起きた、その近隣の学校を虱潰《しらみつぶ》しに当たれば、直後から無断欠席を繰り返している生徒である自分はすぐに浮かび上がりそうなものだが——しかし、こういう時は県下有数の受験校である彼の学校はだんまりを決め込んでいるのかも知れない。もしかすると、このままうまいこと行ってしまえば、結局そのまま元に戻ってしまうことになるかも知れない。スリム・シェイプとしても、目的を果たしてしまえば殊更《ことさら》に事を大っぴらにはしたくないだろう。

「…………」

結城が釈然としないものを胸に抱えながらぼんやりしていると、デスクの上に置いてあるカーナビの装置がぱっ、とひとりでに画面を起動させた。

『HEYゴースト！——おや？君一人かい』

画面の中のスリム・シェイプが周りを見回しながら言った。実際には機械のカメラアイで確認しているのだろうが、やっぱりアニメが生きていてこっちを見ているような感じしかしない。

「ホーリィは買い物に出てる。出歩く許可をもらおうとしてたんだが、呼び出してもあんたが出ないんで、勝手に行っちまったよ」

『おやおや、少し不用心かも知れないな。君は止めなかったのかい』

「なんで。あいつのやることを俺が止める理由があるのか？」

結城は醒《さ》めた口調で言った。

スリム・シェイプはため息をついた。

『君は、目的の途中で捕まってもなんとも思わないようだな。――と言うよりも、状況が進んでいるこの期に及んでも、まだどうでもいいと思ってるんだねえ』

「だったら何だ。今からでも馘首《くび》にしてくれていいぜ」

『やれやれ――もっとも、君のそういうところが、ホーリィ＆ゴーストのクソ度胸の一環になってるんだから否定もできないんだがね』

結城は相手の嘆息は無視して訊ねる。

「さっきはなんで呼び出しに答えなかったんだ？」

『こっちにも色々あってね。友人が訪問してきたりね。しかし事態は確かに動いているから君たちの方も頑張ってくれればいい』

「…………」

結城は少し眉をひそめた。

「裏で何してるのか知らないが……結局のところ俺たちは囮《おとり》なんだろう？　あんたからすれば、

そろそろ切り捨て時とか考えているんじゃないのか」

『ああ——その人を簡単には信用しない用心深さは大したものだが、少しはこっちの誠意も感じてくれてもいいんじゃないのか？』

「あんたの優秀さと抜かりなさは充分に感じているよ。俺たちが〝犯罪〟に及ぼうとすると、そこには必ず手引きをしてくれる協力的な被害者が必ずいるんだからな——もしホンモノの強盗団だったら、こんな夢みたいな話はとても信じられないだろうな。ああいう人たちはあの後どうするんだ？」

『どうもしないさ。会社を辞めたい人もいるが、そのまま辞めない人もいる。会社のやってることには疑問があって逆らいたいんだけど、地位を失うのは不安だし、で、我々に協力することでバランスを取ってるんだよ。バレなきゃ大丈夫ってわけさ』

「そのまま、ね——」

結城は渋い顔になる。

いったいどこまで行けば、その言葉が出てこなくなるのだろうか——いや、そもそもそんな所というのはあるのか。それこそ死ぬまで彼はそのままなのかも知れない。

「ブギーポップにでも殺されないと、そのままから出られないのかもな」

ぼそりと呟いた。

『なんだって？　今なんて言った？』

　スリムが、そのアニメの動きが一瞬停まって、むこうがわの相手の動揺が生で伝わってきたような感触があった。

「ブギーポップだよ――女の間で噂の、美少年の死神ってことらしいが」

『噂になっているのか？』

　意外そうに訊いてきた。

「らしいぜ。俺は知らなかった。ホーリィがそう言ってたんだ」

『噂話だったのか――』

「あんたは誰から聞いていたんだ？」

　結城は、なんだかスリム・シェイプの後ろにいる人間の素顔に迫っている気がしてさらに問いかける。

　だがここで、

『――いや、ちょっと待て』

　と遮《さえぎ》られた。画面が、包帯イタチが手のひらをこっちに向けたままの姿勢で固まる。

「なんだ？　どうしたんだ？」

　しばらくそのままだったが、二十秒ほど経ったところで再び動き出す。

『たった今、情報が入った――向こうが遂に動いたぞ』

3.

〝めぐりあわせ〟

キーワードは〝めぐりあわせ〟だわ——と濱田聖子は思っている。

今、彼女たちに起こっていること、これから起こることは、ひどくあやふやな偶然によって支えられているような気がしてならない。運命というにはそれらはあまりにも行き当たりばったりというか、たまたまそこにあったものが自分たちの将来を決定している。

今のところは、スリム・シェイプが狙っている通りに事態が進行しているようだ。しかしこの後どんなたまたまが自分たちの前に現れるのか——それを思うと、どうにも胸がわくわくしてしまい、ホテルの部屋にじっとしていられなかった。

(ゴーストは平気で、ずっとぼーっとしてるけど)

歩行者天国を歩きながら、濱田はくすくすとひとり笑う。

周りは人でごった返している。

まさか誰も、自分たちの横を通り過ぎるこの女が〝ホーリィ&ゴースト〟の片割れだとは思うまい。

(世の中って、どこに何が転がってるかわかったもんじゃないってことね)

そんな呑気《のんき》なことを彼女が考えていたときのことである。

一人の少女の姿が、濱田の眼に留まった。

（——ん？）

何故かはわからない——だが、濱田にはその少女が妙に気になった。

「あーあ……」

その少女は、ベンチに腰掛けて、空を見上げている。

空は曇っていて、あんまりいい感じのしない天気だ。彼女の心も空と同じように〝パッとしない〟もののようで、彼女はずっとそういう空を見つめている。

「はあ……」

人々が賑やかに歩いている脇で、彼女はため息ばかりついている。

彼女の足元にはスポルディングのスポーツバッグが置かれていた。無造作に投げ出してあるという感じで、今にもひったくられそうである。

（——うーん）

濱田は眼の隅にちらと入っただけの、その少女の、奇妙な投げやりさが変に心に引っかかった。

（なにかしら、あの娘——）

見たところ待ち合わせという感じでもない。連れもいそうにない。ナンパを待っているにしては、あまりにも顔つきがどんよりとしている。要するに何をしているのかまったくわからない。不審人物といってもおかしくない。ただ別に騒いでいるわけでもなく、誰かの邪魔になっているわけでもないので、誰も彼女がなんか変だということに気がついていないのだ。ただひとり、自分も実は不審人物である濱田聖子を除いては。

「――――」

濱田は気になって仕方がなかったので、よし、と思い切って少女に近寄って、

「……もしもし？」

と声をかけてみた。

「ん？」

と彼女は生気のない眼をこっちに向けてきた。

「誰？」

「いや、誰ってコトもないんだけどさ」

「キャッチ？　言っとくけど、あたし自由になる時間も金もないわよ。受験生だから」

少女は身も蓋《ふた》もないことを言った。その真面目くさった言い方が妙にユーモラスだ。濱田はちょっと笑ってしまった。

「いやいや、そんなんじゃないわ。ただなんか、あなたが変だったから」

「……前に会ったことあるかしら？」

少女は濱田の顔をしげしげ見ながら訊いてきた。

「いいえ。そういうわけでもなくて、なんて言うのかな——なんだかあなたを見てると」

今にも死んでしまいそうだった、と言いかけて、濱田は我ながら驚いた。そうだ、この少女にはどうしてか〝死〟の影が濱田には感じられたのである。見た目はそんなに不健康そうでもないのに——。

「気が滅入る？」

少女が眉を片方上げて、おどけるように言った。

「え？　——いや、そうじゃなくて、なんかすごく元気がないように見えたから、気になって」

「優しいんだ、お姉さん」

「そういうわけでもないけど——でも、どうしてこんなところで座り込んでいるの？」

言いながら、なんだか自分はナンパしているみたいだなと変なことを思う。

「デートするはずだったの。久しぶりに」

彼女は投げ遣《や》りに言った。

「でもお互いのスケジュールがなんか合わなくて、結局またの機会になっちゃって」

「あらら。彼氏も受験生なの？」

「つーか——受験より倍率の高い、どこかのデザインコンペに出品しなきゃなんなくなったらしくて」

　彼女は空を見上げて、またため息をついた。

「これがなかなか、難しいっつーか——自分の方も勉強しなきゃならなくて忙しいわけだし、相手のことを一方的に責めるわけにもいかないし。あーあ」

　なかなかに微笑ましい。普通の少女の、普通の悩みという感じだ。濱田と結城が置かれている立場からすると平凡と言える。

「デザイナーなんだ、彼って。浮気者なの？」

「あー、そういう器用なタイプとかじゃないわ。でも仕事場とかだとモテるのかしら？　よくわかんないわ」

　彼女は首を横に振った。そして濱田の方を見て、

「あたし、宮下《みやした》。宮下藤花《とうか》っていうの。お姉さんは？」

と訊いてきた。つい「ホーリィって呼んで」と言いかけて、それはいくら何でもまずいと気がつく。

「え、えーと。濱田よ。で、名前は聖子っていうの。なんか恥ずかしい名前でしょ？」

　本名は知られていないのだから、言っても問題ないと思ったのだ。宮下という彼女はちょっとおどおどした濱田を見て、くすっ、と微笑む。

「自分の名前が嫌いなの？」

「いや、そうでもないけど——どっか身も蓋もないって気がしない？　聖なる子、なんてさ」

「そうかな。いい名前だと思うけど」

「うーん、でも男に〝聖子〟とか呼ばれると、時々それが自分のことじゃないみたいな気になるわ」

「付き合っている人がいるの？」

「今は――」いないと言いかけて、しかしよく考えてみれば、今の彼女はこれまでの誰よりも深刻な関係を結城玲治との間に持っていることに気がつく。しかしこれをどう説明すべきか彼女は迷った。

「あー、なんていうのかなあ……」

「好きな人がいるの？」

「え？」

言われて、濱田はちょっとどぎまぎする。自分は結城玲治のことを、実際のところどう思っているのだろうか？

「いや、わかんないけど――相手がどう思っているのかもわかんないし」

二人きりでホテルに、偽名とはいえ夫婦ということで泊まっているのに彼はまったく、なんにもしようとしないし。

あんまりそのことについて、濱田はこれまで深く考えていなかった。

「うーん、どーなんだろ……」

彼女が感情的に深入りした男たちは皆、最終的には彼女を殴るようになってしまう。そのことは今まではあまり気にしていなかった。しかし——

(——しかしあたしは、ゴーストのヤツにもいずれ殴られるようになって、それも仕方がないって——そう思えるのかしら？ そうなったら、あたしは納得できるの？)

「うーん……」

彼女が真剣に悩んでしまったのを見て、宮下はぷっ、と吹き出した。

「濱田さんって、なんか可愛い」

「え？」

濱田はどきりとした。

「そ、そうかしら——こう見えて、あたしって結構コワい女なのよ？」

なにしろ全国指名手配されてる身の上なんだからね——と、濱田が心の中で付け足したそのときである。

宮下が、その表情がすっと消えて、

「ああ——それは知ってる」

と静かに言った。

それは優しく共感しているような、しかし冷たく呆れ果ててもいるような、左右非対称の不思議な表情だった。

（あ……）

目の前にいるのがそれまでの少女でなくなってしまって——男だか女だかわからない、人であって人でないような、定かでないものが突然ぱっ、と泡が湧いて出たような——

「…………」

一瞬、濱田は魂そのものを貫かれてしまったように、手にしていた小さな買い物袋を取り落とす。

彼女の前のそいつはその袋を拾って、濱田に差し出してきた……そして、異変は始まった。

＊

（——うう）

〈アフターマス〉の隊員《メンバー》たちは、街の中を歩いていた濱田聖子を発見して、これを陰からこっそりと監視していた。

〈アフターマス〉とは、ちゃんと会社法人として登録されている合法組織である。ただし、それはあくまでも表向きのことで、実際は大金で依頼者の障害となる者を〝物理的に排除〟することを請け負う武装組織だ。ヤクザと似ているが、しかしヤクザと違って地盤などは持たないし、脅迫行為などはしない。

彼らは全員が傭兵《ようへい》あがりであり、訓練と経験を積んだ兵士たちがそのノウハウを生かして企業社会に対応した形に生まれ変わったのである。たとえば——ある商社がとんでもない安値で商品の仕入れに成功し、それが市場に流れると打撃を受けるライバル会社が彼らに依頼すると、原因不明の〝事故〟でその商品を収納していたコンテナが爆発炎上することになる。

（ううう——）

彼らは今回、経営コンサルタントの宇治木貢から二つの依頼を受けている。

ひとつめの方には別働隊が動いている。彼らの方はホーリィ&ゴーストを捕捉し、それに接触してくる者を監視し、場合によってはこれを物理的に攻撃することも辞さないというものである。

（うううう——）

彼らの服装は普通のスーツ姿であり、映画のように筋肉が盛り上がった体格というわけでもないし、顔立ちも外人的でなく、まったく目立たない。よく戦場に慣れてしまった者は平和な環境では浮いてしまうというが、しかしそこもまた特殊な戦場であるという状態であれば、彼らはもとより様々なジャングルでも雪原でも、変化する環境に対応することに長けているので、今も周囲に溶け込んでいる。冷静なプロの仕事を実行していると言えた。

（ううううう——）

だが——その中の一人が、濱田聖子の相手をしている少女を見て、らしくもない状態に陥りつつあった。

「う、ううっ――くっ」

自分に聞こえるだけの小声ではあったが、彼は明らかに呻いていた。

その少女――にしか見えないその人物が、彼にどうしても拭えぬある記憶を呼び覚ましていたのだ。とある戦場で、彼が出会ったある人物――〝リセット〟と名乗ったそいつは、どう見ても普通の女にしか見えなかったが、しかしそいつは恐るべき戦闘能力を持つ暗殺者だったのだ。遭遇したときに生き延びられたのは彼と、あと戦医《ドクター》が一人だけだったが、それも部隊が逃げたのではなく全滅させられたのだということを他の者に報告させるために、見逃されただけだった。

そいつに――あの少女はなんとなく似ているのだった。

「くっ――ぐぐぐっ……！」

彼は（これは錯覚だ、落ち着け――）と自分に必死で言い聞かせていたが、しかし、その自制も、濱田聖子が荷物を取り落とし、その少女がそれを拾って顔を上げたところで吹き飛んだ。

こ、っ、ち、を、見、て、い、た。

濱田聖子の背後にいる彼らを、そいつは確かにまっすぐに、鋭い目つきで見据えていたのだ――。

「う……うわあああっ！」

彼は叫んで、恐怖に駆られなりふり構わない行動に出た。

手にしていた、どう見ても折りたたみ傘にしか見えない筒状の物を濱田聖子たちの方に向けて、その端から出ていた紐を思い切り引っ張ったのだ。

それと同時に、濱田聖子の前の人影が奇妙な動作をした。指先を華麗な動作で、つい、と振った。それはさながら人形使いが糸で己の分身を操る動作にも見えた。

そして——次の瞬間に、普通の平和な街ではありえないことが起こった。

がん、という金属と金属がぶつかる音が上の方でしたかと思うと、その音がした駅前の〝次の電車は何時何分何行きです〟という表示がされる電光板が突然に、爆裂したのだ。

傘に似せてあった小型ランチャーから発射された爆弾が、目標に当たる寸前に何故か宙空でびん、と弾かれて、飛んでいって電光板を爆発させてしまったのである。

——どふっ、

と爆音は、映画などの迫力ある重低音とはほど遠いどこか抜けた、しかし比べ物にならぬ程に腹に来る衝撃と共に伝わった。

破片が四方八方に飛び散り、人混みの上に火の粉が降りかかっていく。

「な——」

撃ってしまった男は、茫然としていて何が起こったのか理解できない。

「——馬鹿者！　なんで撃った？」

隊長格の男が周りに聞こえないように、だが鋭く厳しく叱咤《しった》した。

はっ、と男は我に返る。

「す、すみません——ですが、今にも目標《ホーリィ》が殺されそうな感じを受けたので——」

言ってから、そうだ、その通りだったと改めて思った。だがそんな見解は無論、他の者には通じない。

「あの娘はただ落とし物を拾おうとしただけだ！　間抜けめ！　——やむを得ない。目標を確保するぞ！」

傭兵部隊〈アフターマス〉は突撃を開始した。

周囲では爆発に皆が仰天して、パニック状態に陥っていた。

「な、なんだ今のは?!」

「燃えてるぞ！」

「け、警察に連絡——いや消防署に——」

そして、濱田聖子は、もちろん彼女には何がなんだかさっぱりわからない。

「え……？」

爆発した背後を振り返ろうとしたところで、手をいきなり引っ張られた。

全然抵抗できず、そのまま身体ごと放り出されていた。力が入れられない方向に引きずられたのだ。

だが、何に……？

そっちの方には誰もいない――さながら映画のワイヤーアクションのように見えない線が空中に生じて、それが彼女の身体を瞬時に動かしていた。

「――わっ?!」

彼女はころころと路面を転がった。彼女も驚いたが、それよりさらに驚いた声が上がる。

「――なんだと?!」

死角から迫り、今にも濱田聖子を捕らえようとしていたアフターマスの傭兵の腕から、いきなり彼女はあり得ない方向に飛んでいったのだからこれは驚く。

濱田も、路面に這いつくばりながらもこの敵の接近を悟る。

（こ――こいつらが、スリム・シェイプが言ってた連中！）

最初から〝いつか来る〟と警戒していた奴等がとうとうやってきたのだ。

逃げて、ゴーストに知らせないと――と思った濱田の前で、傭兵たちは彼女と話していた少女、宮下藤花の腕を摑んでいる。

（やばい！）

彼女は無関係なのに——濱田はほとんど何も考えずに、反射的に宮下を助けるためにせっかく離れることができた敵のところにまた飛び込んでいった。

周囲ではまだ人々が右往左往している。

だが、この歩行者天国のはずの通りに突然一台のバンが飛び込んできた。

「——！」

自分たちの援軍ではない——アフターマスの傭兵たちはまた驚いた。

するとまた奇怪なことが起きた。宮下を捕らえていた男たちが、突然に後ろから引っ張られるような感覚を受けて、次々に転がされる。

バンはそのまま彼らの所へまっすぐに突っ込んできた。

それに乗っているのは、がっしりとした大男だった。

濱田は宮下を傭兵たちから助け出すと、突っ込んできた車に眼をやる。

その大男に彼女は見覚えがある。それは彼女と結城が最初に盗んだスクーターの持ち主——

その片割れのタルという男だった。

「乗れ！」

タルは車を停めずに、走り込ませながら扉を濱田のために開けた。

濱田は宮下の手を掴んだまま、一緒にバンの中に飛び込んだ。

車はたちまちフルアクセルで、路面から白煙を生じさせつつその場からたちまち走り去る。

「お、おのれ——！」

傭兵たちは呻きつつ起き上がった。予想外のことと、理解不能な事態が次々と起きたので、とても対処できなかった。

だが、最後の手だけはぬかりなく打っておく。彼らは周りの人間たちも混乱しているのにつけ込んで、周囲に聞こえるように、だが誰が言っているのかわからないように言いふらす。

「あれは——ホーリィ&ゴーストじゃないのか？」

「大変だ、ホーリィ&ゴーストが女の子を誘拐したぞ」

「電光板を爆破して、女の子をさらってしまった——」

その認識は何が起きたのか判断できなかった人々の間に染《し》み込むようにして広がって、見てもいない者が目撃者であったような気になり、そしてその場に一緒にいた男たち——すなわちアフターマスのことなど、もともと他の者と区別がつかなかったのだから念頭から消え失せた。

しかし爆発の直後に飛び込んできたバンは、これは誰もが目撃していたし、その車内に女が少女を引きずり込んで走り去ったのは、これは誰にも深い印象として残されている。

駅前だったので、その場には一分と経たないうちに警官たちが駆けつけてきた。警察は人々からバンのことを聞きつけると、直ちに緊急手配を敷いて一斉にこの不審者の追跡にかかった。

4.

「——あんた、やっぱりスリムの手下だったのね」

濱田聖子はハンドルを握っている大男のタルにやや責めるような視線を向けた。ドラッグストア爆発事故の際に見たこの顔は忘れるはずがない。

「ああ。今や同志だな」

タルはぼそりと言った。

「あんときは、ずいぶんひどい目に遭わせてくれたわよね」

「ボスのスクーターなんぞを盗むからだ」

言い返されて、濱田はむっとしたが、すぐに微笑んで、

「まあ、でも助かったわ。何、スリムに言われてあたしを見張ってたの?」

「いいや。襲ってきた連中の方を尾けていたら、あんたたちと出くわしたんだ」

「なるほど」

濱田はうなずいた。

「あのう」

二人に、宮下藤花がおずおずと声をかけた。彼女は荷物のスポルディングのバッグを、ライ

ナスの毛布のように胸にしっかりと抱きかかえていた。

「助けてもらったのは嬉しいんだけど、何がどうなってるのか説明してくれない？」

「あ、ああ——そうね。そうよね」

濱田はちょっと慌てた。あのまま残しておいたら敵にさらわれるのは確実だったので連れてきてしまったが、しかし——

「説明はできない」

タルがきっぱりと言った。

「え」

「ち、ちょっとそんな言い方は」

「しかし、あんたの身の安全は保障する」

タルはぶっきらぼうに言った。

「安全なところですぐに降ろす。警察にでも保護を求めるがいい」

「あ、ありがとう」

宮下は目をぱちぱちとしばたきながらも礼を言った。

「へえ、あんたって意外に優しいのね」

濱田が見直したように言う。

「女を殴るヤツが許せんだけだ」

ぼそりと言う。そしてちょっと声を落として、

「あんたを殴ったヤツも、蹴り倒してやったよ」

と付け足した。

「は？」

濱田には、なんのことかさっぱりわからない。彼女はすっかり前の彼氏のことを忘れていたのだった。

タルはえへんえへんと乱暴に咳払いして、

「な、なんでもない」

と言ったそのとき、彼らの乗ったバンの後方からパトカーのサイレンらしき音が聞こえてきた。

「もう、来ちまったか――！」

タルは舌打ちして、ハンドルを切ってカーブを曲がった。後部席の女の子たちは振り回されて壁に身体をぶつけた。

「とりあえず、あいつらを撒《ま》かないとどうにもならんな」

タルは呻きつつも、さらにアクセルを踏み込んだ。

「も、もう少し落ち着いて運転してよ！」

濱田が悲鳴混じりの声を上げた。

「シートベルトをしろ！」

タルに言えるのはそれだけだった。彼はちらとバックミラーで後部座席の二人を確認した。

そして、一瞬だけ身体が強張る。

宮下藤花が、ミラー越しに彼の方を見ていた。その目つきが、まるで——

（あれは——死んだ、あの……）

彼が、過去の思い出として封じたはずの、だが心の奥底にはしっかりと刻み込まれている傷痕に直面しそうになったそのとき、迫るパトカーのサイレン音がさらに倍加した。彼ははっ、と我に返る。

（い、いかん——今の俺はボスの——スリム・シェイプのために戦うしかないのだ！）

追跡してくる者たちからのプレッシャーがどんどん大きくなって、彼らをじわじわと圧倒していく。

【第四犯例】

往来妨害

①陸路、水路又は橋を損壊し、又は閉塞して往来の妨害を生じさせた者は、二年以下の懲役又は二十万円以下の罰金に処す。
②前項の罪をよって人を死傷させた者は、傷害の罪と比較して、重い刑により処断する。
〈刑法第一二四条〉

1.

——かつて、その男は宇治木貢にこんなことを言っていた。

「君は〝自由〟ということをどう思うね、宇治木君？」

「——は？」

「たとえば君の好きにできる金が何十億とあるとしよう——それは〝自由〟だと思うか？」

そのときの場所はホテルの屋内プールだった。

そこに水着姿でいるのは男ただひとりだ。貸し切りにしてもらったわけではない。ホテルそのものが男の所有物のひとつなのだ。BGMとして掛けられている曲も、この男の好みでレッド・ツエッペリンの「容赦なし《ノー・クオーター》」だった。静かでどこか歪んだ音の、不気味なところもあるこんな曲が、エンドレスでえんえんとホテルのプールで掛かり続けたりは普通ない。

しかし——裸で、濡れた髪をタオルで拭いている男は、公表されている年齢よりもずっと若いようにしか見えない。見事に絞られた引き締まった身体だけではなく、オフィスなどで見るよりも、心なしか顔のしわや肌のたるみまでもが消えているように感じる——照明のせいだろうか？

「それは——そうでしょう」

宇治木は混乱しつつも、おどおどとした口調で答えた。このときの彼は、ある中小企業の財務管理を担当しているだけの、ぱっとしない公認会計士にすぎなかった。

「しかし、君ならわかると思うが——金というのはただ持っているだけでは何にもならないものだ。資産運用して、生かさなくてはならないだろう。違うかね」

「おっしゃる通りです」

「ということは、金を持っていることでやらなくてはならないことが増えることになる。持っている金のために働かなくてはならなくなる。これは自由かな」

「——は。いや、それは」

弱々しい声でもがもがと、宇治木が返答に困っていると、男はかまわずに、

「衝動買いを繰り返して高い買い物をし続ければ自由か？　その品物が自分に、本当に意味があるかどうか深く考えもせずに、ただ浪費して、金を経済の中で動かして他の者たちを儲けさせてやれば、それは自由なのか？」

男は笑っている。別に権力者の苦悩を勿体ぶって言っているわけではない。これは前置きだった。この男は人に何かをさせる前に、こうして奇妙で抽象的な演説をぶつ癖があるのだった。

「宇治木君、君は実に優秀だ。言われたことは忠実に果たすし、欲に眩《くら》んでつい怪しい物件に手を出したりもしない。優秀な社会人として、皆のお手本《ロールモデル》となってもらいたいぐらいだ」

言葉だけ聞くと誉められているようなのだが、なんとなく嫌味めいた響きがある。

「……はあ、どうも」

曖昧《あいまい》にうなずくと、男は彼の方に向き直って、

「宇治木君、君は私の自由に協力してくれるかな？」

唐突に訊いてきた。

周囲ではレッド・ツェッペリンの冷ややかな音が鳴り響いている。

「どういう――ことでしょうか？」

この男に逆らったために潰《つぶ》された会社は数知れない。宇治木は震えながら訊き返した。

「多すぎる金というものが、自由を生まないのは何故だと思うね？」

ニヤニヤしながらまた訊かれた。答えようがなく黙っていると、かまわず男は続ける。

「それは、金というものが所有者以上に周囲の者たちに影響力を持つからだ。人間は自分では自分のことをほとんど知らない。他人にどう見られているか、どう扱われているか、それが人の精神を決定している。多すぎる金や力は、他人からその人間に対する判断力を奪ってしまい、それはその人間自身から自省というものも同時に奪ってしまうんだよ――わかるか？」

もちろんわからない。しかし男は返事など待たずに続ける。

「だから自由な精神を持つためには、ある程度は〝軽く〟ないと縛られてしまう。どうだろう――私の重荷の一部を、君が持ってくれないか？」

「――は？」

「君は金が好きだろう？　私の、表沙汰になっている資産は知っているな？　どうだろう。君に、その三分の一を管理する役目を与えようと思うのだが？」

「…………」

言われて、宇治木はとっさには返事ができなかった。喉がからからに干上がってしまった。

「そ、それは——も、もちろん」

お受けいたします、と言いかけたところで男はすかさず、

「ただし」

と口を挟んできた。

「それはあくまでも、この私の自由を増やすために任せるのだから、君にはその金以外にも〝あるもの〟の管理もしてもらわなくてはならない。わかるかな。私は正直〝それ〟を持っていることが鬱陶《うっとう》しいんだ——そういうものを手にしていることが、私の自省を曇らす危険につながる可能性がある。なんというかな——私は時折どうしようもなく〝みんなブチ壊れてしまえ〟という凶暴な気持ちになることがある。そういうとき、あんなものを持っていてはつい早まったことをしてしまうかも知れない——未来に絶望して世界そのものに殺意を感じたとき、何もかもを根こそぎにしたくなったとき、その側にあるべきもの——」

男は宇治木に向かってニヤリと笑いかけてきた。

「それが〝ロック・ボトム〟だ」

＊

「……また、逃がしただと……？」

電話で、アフターマスの部隊から報告を受けて宇治木貢は頭の血管が切れるかと思うほどの怒りに駆られた。

〝しかし、警察に追跡させています。連中に自由はありません。これで奴等が目標のスリム・シエイプと接触しようとするでしょう。そこを押さえることは可能です〟

「自由だと……？」

宇治木は怒りのあまり声が震えている。

「自由がないのはこっちの方だ！　いいか、貴様らは、自分たちの存在をスリム・シエイプにみすみす知られてしまったのだぞ！　その逃げている奴らなど、最早あの悪党が助けたりするものか！　切り捨てるに決まっている！」

掠《かす》れ声で喚いた。受話器の向こう側から息を呑む気配が伝わってくる。

〝……そ、それでは命令を変更されると？　どうしますか〟

訊かれて、宇治木はヒステリックにがなった。

「かまうことはないから、そいつらを直ちに殺してしまえ！　もう別働隊は例の物を運び出す作業に入ってしまっているんだぞ！　今さら中断はできん！」

　こめかみに血管が浮かび上がってぴくぴくしているのが自分でもわかった。

〞し、しかしながら——け、警察も〞

「警察もろともだ！　どうせ罪は全部、ホーリィ＆ゴーストとかいう〝名前〞がかぶってくれるだろう……残らず吹っ飛ばしてしまえ！」

〞り、了解——〞

　怯《ひる》みつつも、肯定の返答が返ってきた。

「片づいたらすぐにおまえたちも、こっちに戻って来い！　例の物を海外に持ち出す護衛は、多いに越したことはないからな——」

〞指示に従います〞

「すぐにやれ！」

　叫んで、宇治木は受話器を叩きつけた。

　ぜいぜい、と全力疾走した後のように息が切れていた。

「…………」

　今ならば、宇治木はあのとき男が言っていた言葉の意味が痛いほどにわかる。ありすぎる力は人から自由を奪ってしまうものだ。

　だからあの男は〝力〞をさっさと捨てて、宇治木に押しつけてしまったのだ。男が奇妙なビルをたくさん建てて、よからぬことを企んでいたことは宇治木も知っている。その仕事をするに当たって、その〝力〟などは気持ちの上で邪魔な存在だったのだろう。

〝世界そのものに殺意を感じたとき――それがロック・ボトムだ〟

あの男の言葉が耳元で囁《ささや》かれているように甦《よみがえ》る。

ロック・ボトム――それはあの男が死んでしまった後でも、宇治木の管理下にそのまま残されてしまっている。

いったい何に使うつもりで、あの男はあんな物を持っていたのだろうか？　それともあの男の上にいたらしい組織だかシステムだかよくわからないが、そういう雲の上の存在にとっては、あれを使うような事態もあり得ることなのだろうか？

宇治木には想像も付かない。知りたくもない。そしておそらく、あの男は宇治木がそういう性格だと知っていたから、彼にロック・ボトムを託したのだろう。決して使うことなどないと知っていたから――要するに、高く買ってもらっていたようで、実際のところ舐《な》められていただけなのだ。

それを思うと屈辱で頭が、くらっ、と熱くなる。

しかし、だからといって確かに、とてもではないが彼自身がそれを使う決断などできないことも事実だった。仕事の上では人を殺すことなどなんとも思わないし、人命はどんな大金よりも貴いとも感じないが、しかしなにもかもとか言われると、ものすごい不安を感じてどうしようもなくなる。原子爆弾は大国の、将来の敵国となるはずの相手に対する過剰な恐怖心から開発されたのであって、決して積極的に、そのとき敵対していた国を滅ぼしてやろうという攻撃的な発想から作られたものではないという話があるが――そのことも宇治木にはよくわかる。目的らしい目的のない底無しの破壊など、主体的に自ら進んで行うようなものではないのだ。そんなことができるのは本当に――世界そのものに対して殺意を持っている、破綻《はたん》した精神の持ち主しかあり得ないだろう。

（イカれたテロリストや己の宗派にのみ固執する狂信者ども――そういう連中が、あのロック・ボトムが欲しいというのならば、しかるべき代価で売ってやる！　後はどうとでもするがいいのだ！）

金というわかりやすいものにでも交換してしまわないと、とてもではないが平静ではいられない――確かに、あの男の言った通りだった。

金も力も、存在するだけではまったく――人を自由にはしてくれないのだ。うとましい力であれば、解体してしまえばいいのだろう……だがそれもできない。非常にみみっちい話だが〝もったいない〟のだ。それがどんなに災厄《さいやく》を呼ぶ疎《うと》ましいものでも、強大な力であることは間違いない。それをただゼロにしてしまうこともまた、未練としてできないのだ。

自由に選択する余地は、彼の精神にはほとんどない。凝り固まった認識の中で、せせこましく立ち回るしかないのだった。

(あの犯罪者は……スリム・シェイプはロック・ボトムを〝処理してやる〟と言っていた。それはどういう風に処理するつもりなんだ?)

2.

疾走するバンの、設置されているカーナビの画面が自動的に点いて、地図が現れた。

レーダーのように、地図の上に無数の点が点滅している。

「——ボスからだ」

タルはすぐに画面を確認した。

「な、なによこれ?! もしかして——この光っているのがパトカーなの?」

びっしりと、画面中央の青い点を赤い点が取り囲みつつある。

「こ、こんなんじゃ逃げられないわよ!」

濱田は悲鳴をあげた。

「いや、ルートはわかった。それに——」

画面には、もうひとつ青い点が動いている。それがパトカーを牽制《けんせい》しているようだ。

「——こいつはあんたの相棒だろう」

「ゴーストが？」

濱田の顔がぱっ、と明るくなる。

「きっと、なんとかしてくれるだろう」

「そ、そうね——ゴーストなら、きっと」

濱田は急に安心したような顔になる。

その様子を横目で見ていた宮下藤花は、

「ホーリィ&ゴースト、だったわけか」

と納得した感じで呟いた。

「濱田さんの、好きかも知れない人って、そのゴーストって人なの？」

「い？」

突然訊かれて、濱田は慌《あわ》てた。

「な、なによいきなり?!」

「いや、だって、そうじゃないの？」

「そ、そういう意味じゃなくて——こんなときに」

「いや、是非聞きたいな」

タルが口を挟んできた。

彼としては、車内で女の子たちがパニックを起こされると困るのだ。それなら他愛ないお喋りでもしてくれていた方がいい。

「あ、あんたまでなに言ってるのよ?」

濱田はその狙い通りに、さっきまであった恐怖をすっかり忘れている。

「い、いやゴーストはさあ――」


そして一方、その結城玲治は走っている。

バイクの猛回転するエンジンの振動が腿《もも》と腰にダイレクトに伝わってくる。

「――」

彼はやや奥歯を嚙みしめながら、車体を傾けてカーブを切る。無免許の彼は、バイクを運転することにあまり馴れていない。

それでも、彼は道を走っていくパトカーに向かって、反対車線に突っ込んでいく。

パトカーは、こっちはさすがに運転がうまいので、ちゃんと避けてくれる。だが結城はすぐに別のパトカーを見つけてはそいつに突撃していく。

普段なら、たちまちパトカーは彼を停めて公務執行妨害でしょっぴくところだろうが、今はどのパトカーも最優先命令を受けているので、頭のいかれたバイカーに舌打ちしつつも、任務に戻らざるを得ない。

それはもちろん、バンに乗って逃走中のホーリィ＆ゴーストの追跡と逮捕である。彼らはまさか、そのうちのひとりがこんな風に自分たちに向かってきているのだとは思いも寄らない。

（くそっ、まったく危ねーな……！）

彼はヘルメットの中で一人呻《うめ》く。

バイクのフロントカウルの中には、ちゃんとカーナビの画面が設置されている。

その中で包帯イタチがウインクしてきた。

『うまいうまい！　なかなかやるじゃないかゴースト』

声は、耳に嵌《は》めているイヤホンから聞こえてくる。

「こんなことをしていていいのか？　ホーリィを直接助けに行った方がいいんじゃないのか」

ヘルメット裏に貼り付けてある小型マイクに向かって喋ると、イタチはちっちっと指を振った。

『彼らの行く手の道を開いてやるのが今はベストだよ。君が行っても、一緒に捕まるだけだ』

結城はスリムと会話しながら、またパトカーに突っ込んでいく。向こうはスピンしてガードレールに車体をこすりつけてしまった。結城は全速でその場から逃げる。

「――あいつを見捨てるつもりじゃなかろうな？」

『まだ疑っているのかい？　これから肝心なんだ。今、君たちがいなくなるとこっちが困る』

結城はバイクを加速させながら、カーナビの地図に示された次のパトカーの位置に向かう。

「肝心？」

『そうだ。敵は焦っている。こっちに仕掛けるのと同時にロック・ボトムを海外にでも持ち出してしまうつもりだ。そして動かそうとしたときこそ、こっちが向こうの尻尾を掴む唯一のチャンスなのさ。信じてくれ』

「…………」

『しかし、意外だな』

スリムの言葉に、結城は眉を寄せる。

「何がだ？」

『いや――君はもう少しクールというか、冷淡で薄情な人間のように思っていたんだが、ずいぶんと彼女を心配するじゃないか？』

「…………」

「――彼は、その」

濱田の声は妙に頼りない。

「なんつーか――ムチャクチャする癖に、変に醒めきってるっていうか、あたしがノッてくると水掛けるみたいなことしか言わないし、そのくせこっちがビビッてると、一人で飛びだして行くみたいな、何考えてるのかよくわかんないのよ」

もじもじしながら言っている、その周囲ではパトカーのサイレンが追いかけてきていて、タイヤがスリップしたりブレーキが軋《きし》んだりする音がひっきりなしに響いている。

（いいぞ、もっともっと周りのことを忘れてくれ）

ハンドルを握るタルは必死で運転しながら、濱田の言葉に、

「うん、それで？」

と相槌《あいづち》を打つ。悲鳴を上げられているよりも、愚痴みたいなことをぶつぶつ言われている方がこの場合はいい。

「なんかさあ——彼って、どっかスカスカなのよ。隙間だらけっていうか。他人と接していても〝どうでもいいから、そっちの好きなように〟とかすぐ言うし。そのくせ一度こうだと決めると、もう全然ガンコで、ビクともしないのよね。あれはなんなのかしら？」

「そういう濱田さんは？」

宮下が訊いてくる。この娘もずいぶん冷静というか、ズレてるというか、変わってるなとタルは思った。まあ、ちょうど好都合なわけだが。

「え？　あたし？　あたしが何？」

「彼がビクともしないのに、濱田さんの方は別に、それに合わせるわけでもないんでしょう？」

「まあ、そう言われると、そうだけど」

「それはつまり、彼の方も濱田さんに対して特別な気持ちを持っていて、一目置いてるってこ

とじゃないんですか？」

「そ、そうかしら？」

濱田は戸惑いながらも、なんとなく嬉しそうである。

車はがたごとと激しく揺れている。しかしその中で、少女たちは妙に呑気な話をしている。

「――でも、あたしにはゴーストになんか認めてもらえるようなものはなんにもないわ」

「それは自分でそう思ってるだけじゃないんですか？　もしかして、向こうも同じようなことを思ってるのかも」

「だって、あいつってばあたしが〝明日はいいことあるかもよ〟とか言ったら、へっ、とか鼻で笑ってさ。〝そんなもんはねー〟とか冷たく言ったりして」

「明日――か」

少女は、急に声のトーンを落とした。いやその瞬間のその声は、男にも女にも聞こえない。まるですべてを見てきて枯れ果てた老人のような、それとも何も感情を持たない機械のような、自動的な印象のある――そういう声だった。

「明日というのはいつ来るものなんだろうね？」

「……え？」

濱田はびくっ、と宮下藤花の方を見ようとした。

そのとき、バンがまたがしゃん、と大きく跳ねた。濱田はあわてて座席上の手すりにしがみつく。

そこに声が続く。

「それは翌日になったときかな？　そのときはまた〝今日〟になっているだけだ。では、明日というのはさらに翌日なのかな。それは昨日から見たらただの明後日だ——もし人が〝きっといいことがある〟という〝明日〟に出会えるときがあるとしたら、それはいったいどんなときだろうね？」

問いかけが、騒がしい周囲の中で、そのときだけ時間が停まったかのように、ぽっ、と浮かび上がって、そして弾けるように——爆発衝撃がバンの車体を激しく突き上げた。

「——わっ?!」

窓の外で、炎が吹き上がっていた。その爆発圧力でべこり、とドアがいきなりへこむ。

爆発は連続する。

「こ、これは……！」

タルの顔が緊張でひきつる。

榴弾《グレネード》による砲撃を受けている——こんなものはパトカーからではあり得ない！

「……〈アフターマス〉だ！」

バックミラーの中で、彼らを追いかけているはずのパトカーまでも直撃を喰らって爆発していく。

「み、見境なしか！」

敵はどうやらパトカーの、その背後からさらに追撃し、前方に向かって砲撃しているようだ。つまり、戦闘機のドッグファイトで言うところの〝ケツを取られた〟状態——こちらからは相手に対して為す術がない！

「くそったれ！」

タルはとにかく、ギアをトップに入れて、ハンドルを無茶苦茶に切って、アクセルを思い切り踏むしかない。

爆発は連続し、後ろで追っていた最後のパトカーが横転してしまった。

後ろに見えるのは、オープンタイプのスポーツカーだ——その上に、四人の男たちが乗っていて、三人が筒のようなランチャーをかまえている。

砲撃が情け容赦なくバンに襲いかかってきた。

懸命の加速で逃げるが、爆発が容赦なく迫ってきた。右扉と後部扉が弾き飛ばされて、ごう、と風が逆巻いて吹き込んでくる。

車体が急に、がくがくと安定を失う。車輪のひとつが破裂してしまったのだ。

（だ——駄目か?!）

タルがいくら制御しようとしても、もう車は完全にバランスを失っていた。そして大きく下から跳ね上がる。

ふわっ、という無重力にも似た感覚が濱田を包んだかと思うと、次の瞬間、彼女の身体はその座った姿勢のまま空中を舞っている。

「え……」

さっきの一撃でシートベルトが切れてしまっていたらしい。

濱田聖子の身体は、吹き飛ばされた扉の外へと放り出されてしまった。

「——！　しまっ——」

タルは反射的に、ブレーキを踏んでしまった。

安定を失っているバンはそのままスピンして、横転して、柵を押し潰して道路から飛び出し、傾斜になっている土手をそのまま転がり落ちていった。


（——なんで……）

濱田聖子には、意外なほどに冷静だった。

車から放り出されたところは、ちょうど陸橋の上で、立体に交差する道路が下に伸びているところだった。落ちるまで、コンマ七秒ほどの時間が彼女にはあった。

（なんで——あたし）

時間がおそろしくスローモーションに感じられる。足元で車がのろのろと進んでいる。風で

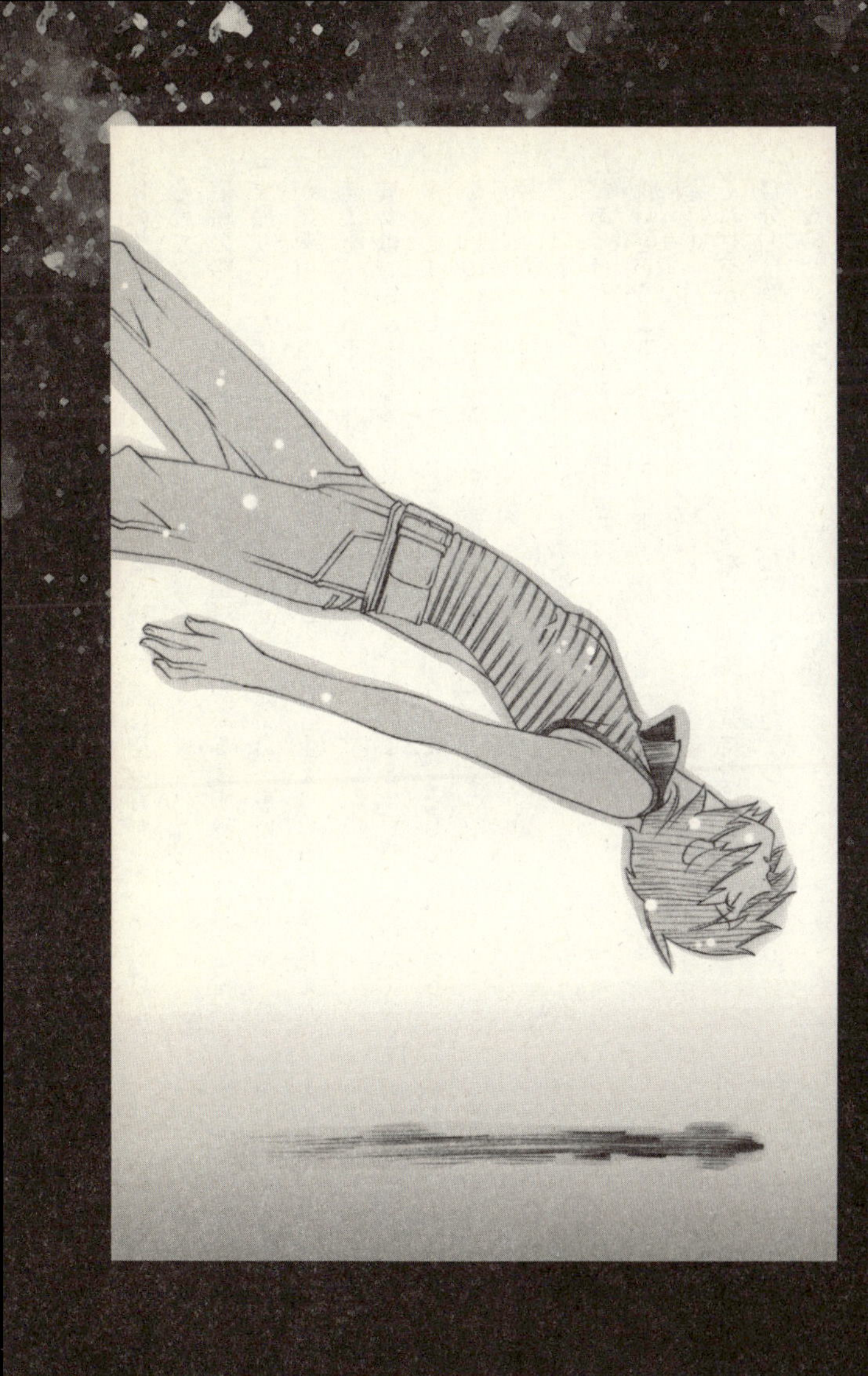

身体の横を撫でられるように感じる。視界の隅に空の青が入り、雲が見えた。

(なんで、あたし、こんなに——)

道路の路面が迫ってくる。激しい相対速度があるはずのそれは、なんだか連続写真のようにコマ撮りでぱたぱたと、断続的な映像として見えた。黒いアスファルトの、粒つぶひとつひとつが尾を引いてささくれだって、針がびっしりと生えているように見えた。

(あたし、こんなに——平気なんだろう?)

彼女は、こんなときに自分に恐怖がまるでないことに戸惑っていた。あと一瞬で自分は地面に激突してぐしゃぐしゃになってしまうというのに、そしてそれが信じられないとかいうわけでもないのに、全然気持ちが揺れていない。

死ぬ。

それはわかる。それは怖いことだとずっと感じてきたと思うのだが、今この瞬間にあるのは、ただあっけらかんとした空白感だけだ。

怖いというよりも、むしろ——

(寂しい——)

それに気がついて、彼女は我ながら不思議な気持ちになる。

自分とは結局、なんでもなかったのだと思った。

なんのために生きていたのかわからない存在。

自分が何を考えていたのか、自分でもイマイチよくわかっていない、曖昧《あいまい》でぼーっとした存在が自分だと思った。

（あたしは――）

これで最期《さいご》だ、と彼女が冷静に自覚したそのとき思ったことは、自分は〝彼〟をどう思っているのだろうか、ということだった。

（あたしは、あいつを――）

その瞬間、彼女は何を想ったのか――それは後になってからはどうにも思い出させなかった。身体がねじ切れるかと思うほどの衝撃が腰の辺りに来たかと思うと、もう風のようにびゅんびゅんと道路の上を滑るように動いていた。

「――」

ぽかん、と目を丸くしていると、

「大丈夫か？」

という素っ気ない男の子の声が聞こえてきた。

「……は？」

自分が、彼に腰を抱き取られて、彼の乗っているバイクに吊《つる》されるようにして一緒に走っているのだということに、数秒遅れて気がつく。

（……なんなの？　これって――）

バイクはすぐに道路横に寄せられて、停車する。

「しかし、おまえみたいに運の太い女は見たことがないぜ――空から落ちてきたそこに、ちょうど俺が走り込んできていたなんて――偶然とはとても思えん」

結城玲治は、呆れたように言って抱きかかえていた濱田の身体をどさと下に降ろした。

「…………」

濱田はまだ、目を点にして、ぽかんとしている。

靴先が、ほんの少し路面に触れてしまっていたのだろう――ヤスリで削られたように真っ白になっていた。

「……ゴースト？」

濱田は結城の顔を見上げた。ヘルメットの下で、その醒めた眼が彼女を見つめていた。

「おい、大丈夫か？　怪我はないみたいだが、何があったんだ？」

「…………」

濱田はぼんやりしたまま、今、この騎士のように自分をまたしても救ってくれた男の子を見つめ返した。

そして、自分はこの男の子のことをどう思っているのか、その答えを見つけたように思った。

（あたしは、こいつが……憎たらしいんだわ、きっと――）

「……やったぞ」

〈アフターマス〉のメンバーが乗っているスポーツカーは目標のバンを完全に仕留めたと思った。倒された柵を乗り越えて彼らも後に続く。

バンは土手の下へ転がり落ちていく。間違いなく目標は破壊され、行動不能の全滅状態になった——はずだった。

だが、そのとき黒い影のようなものが彼らの視界をよぎった。

(なんだ——?)

彼らが眼を凝《こ》らす間もなく、影はそのまま瞬間移動でもしてきたかのように走っている車のボンネットの上に、ふわり、と降り立って、

「——やあ、愚か者たちよ」

と挨拶した。

彼らがそれに銃を向けようとしたその瞬間、その地面から一本の筒が生えているようなシルエットは、つい、と宙で指先を振るような仕草をした。

絶叫が上がった。

3.

『――どうしたタル？　何があったんだ？』

タルに持たせたカーナビとの情報交換の接続が切れたので、スリム・シェイプは――その正体であるベッドに固定された江守譲はらしくもなく焦っていた。

キーボードに、そこだけは迅速に動く左手でさらにデータを打ち込んで、なんとかカーナビとの接触を回復しようとする。

そのとき――異変が起こった。

彼の、故障だらけの肉体の、その胸の奥でいきなり上から槍を落とされて、穴が空いたような感覚が発生した。

（ぐっ……?!）

ぎりっ、とほとんど機能していないはずの全身の汗腺から冷や汗がどっ、と湧き出した。

（まさか――まさか、よりによって、こんなにときにか……?!）

常人ならば身をよじって苦しむ苦痛だったが、彼には動かせる身体がない。

悲鳴を上げるところだが、彼の喉には穴が空いている。

ただ――実感だけがある。

自分の中で今、決定的な何かが、ぶつん、と切れてしまうのだということが。

（――こんな――こんな中途半端なところで？）

彼の精神は足掻《あが》こうとしたが、しかし肉体の伴わない意志だけではそれも叶わない。

（ここまでだというのか……僕では、所詮はこんなものだというのか……？）

身体から感覚が失われていき、絶望が彼の心を闇に閉ざそうとした、まさにそのときだった。

どこかで口笛が聞こえた。

そして、呑気《のんき》そうな声が闇の向こうから聞こえてきた。

〝……これは？　どこかにつながっているのかな？〟

男でも女でもないような、奇妙で不安定な声だった。

（――な？　なんだ……誰だ?!）

彼は心の中で叫んだ。精神世界の中で、彼は自分のイメージとして創り上げた包帯イタチの姿をしていた。その前に、周囲の闇からにょっきりと生えたような、筒のようなシルエットが現れた。

〝君は――そうか。君がこの件の黒幕か〟

影は納得したようにうなずいた。

（おまえは――）

彼は既視感にとらわれていた。こんな奴のことは知らないのに、なのに彼はこいつを知っていると思った。話に聞いてはいたが、実在さえも信じていなかったのに、彼にはそいつがなんなのかわかった。

こいつは死神だ。

(——ブギーポップ、なのか……?)

影はうなずいた。

〃儚《はかな》い回線に、最後に残された機能で君とこうしてつながっているみたいだね〃

(タルとホーリィは……どうなったんだ?)

〃仲間が心配なのかい? 一応は無事みたいだよ〃

(——おまえは……僕たちを倒しに来たわけではないのか?)

〃君たちは、別に世界の敵でもないしね。と言うよりも、むしろ君の場合は逆に、世界がなんのためにあるのか、その答えに肉薄しているといってもいいような位置にいたんじゃないのかな。炎の魔女と同じようにね〃

(僕は——むしろ世界全体が大っ嫌いだと思っていたんだがな)

〃みんなを守ろうとしていたわけではない?〃

(そうだ。僕はみんなが馬鹿げたことをしているのを暴きたかっただけだ。もっともらしい顔をして、実際はどうしようもない愚か者だということを思い知らせてやりたかっただけなんだよ)

彼は、心の中でせせら笑いにも似た表情を浮かべた。ブギーポップはうなずいて、

〝それを、君はやれたと思うかい？〟

と訊ねた。

包帯イタチのイメージは腕を組んで、ため息をついた。

（——いいや。僕は肝心のところで、どうしようもないみたいだ。全部が裏目に出た——身の程知らずに、大きなことに手を出しすぎたあげくが、この様《ざま》だ——僕などは、生まれてきたことが、そもそも間違っていたのかも知れない）

〝後悔しているのかい？〟

（凪の話では、君は世界の敵を倒す役目を持っているらしいが——本当に世界に害を成しているのは、おそらくは僕のようなヤツなんだろう。自分で世紀の大悪党だとか吹いていたが——真に悪いのは僕ではなく、僕の力のなさだ。計画することだけが馬鹿みたいに大きくて、実際にできることと釣り合っていない。アンバランスなんだ——）

〝力の伴わない意志——それこそが悪いことだと？　では君の思う、その力というのは一体なんなんだい？　もっと健康で、自由に動ける身体を持って生まれていたとしたら、君はその力を持つことができていたと思うか？〟

（——なんだと？）

〝君の言うその真の力とやらがあったとして、はたして君の仲間たちはそんな君を、今の君に

対してするように信頼してくれたかな？〟

それはひどく――挑発的な物の言い方だった。

（……何が言いたいんだ？）

しかしこの問いかけにブギーポップは答えず、

〝君は、ぼくのことをどういう風に聞いているんだい〟

と質問で返してきた。

（人が、その人生の最も美しいときに、それ以上醜くなる前に殺してくれる、死神――という噂の、世界の敵の敵――訳がわからない存在だな）

〝君はぼくを、バランスが取れた存在だと思うかい〟

（………………）

〝君の言う、その力と意志のバランスが取れた存在という者がもしもいるとして――ではその彼らは何をすればいいと言うのかな。彼ら自身にはもう、なんの不足もないんだ。それ以上することが何か残されているのか？　人の目的が、君の言うようにバランスをとることにあるのだとすれば――今の君は、実にそのバランスが取れているんじゃないのか？〟

（……え？）

〝君は自力で動くことの叶わない悲しい肉体の持ち主で、そしてその意志も今、絶望で身動きが取れない――ここには見事な調和があるんじゃないのか？　そう、君には、そうやって縮こ

まっているのがお似合いだ。それのどこがアンバランスなんだい？　アンバランスというのは
——力だけが生まれ出て、意志のない自動的なものに堕ちてしまった、このぼくのような存在のことをいうのさ〃

ブギーポップは、嘆くような、怒っているような、左右非対称の奇妙な表情をその白い顔に浮かべた。

そして、その姿が闇の中に紛れるように、すうっ、と溶け込んでいく。

（——ま、待て！　おまえは——おまえは何をするつもりなんだ？　どうしてホーリィたちの側にいるんだ？）

彼は叫ぶように訊いた。これに対しての答えは闇の彼方《かなた》から聞こえてきた。

〃君の知ったことではないだろう？　ぼくは、ぼくの仕事をするだけだ〃

そして死神の気配は完全に彼の精神世界から消え失せた。

ブギーポップの——仕事？

それは、どうやら彼を殺すことではないらしい。彼は、人生で一番美しいときに未だ至っていないと判断されたのだろうか？

では——

では、この自分の仕事というのは、それは——

（スリム・シェイプの……仕事は——）

彼が闇の中でそのことに思い至ったとき、薄れていた感覚が戻ってきて、断末魔の激痛が再び彼に襲いかかった。

*

「――！」

土手の下に転げ落ちて、なかば潰れてしまったバンの中でタルは目を覚ました。数秒ほど気絶していたらしい。

「――ぬ、ぬぬっ……！」

痛む身体を起こして、必死で外に這い出た。

左肩が脱臼《だっきゅう》していたので、無理矢理ねじ込むが、痛みが尾を引いている。筋を痛めてしまったようだ。

錯覚だろうが――さっきバンが落ちていくときに、どこかで誰かが口笛を吹いていたような気がする。

（あの宮下という娘は――？）

彼は急いでバンの中を見たが、いない。

少女が持っていた、あのスポルディングのバッグだけが転がっていた。中身は何故か空になっていた。

放り出されたか、と彼が焦って辺りを見回そうとしたところで、奇妙なものが目に入った。

芝生が削り取られた地面に、明らかに女の子のものと思しき字で〝先に行く〟と書いてあるのだった。

「…………」

状況からして、これはあの宮下という娘が〝一人で逃げてしまうが、許してくれ〟というようなつもりで書いたとしか思えない。

（しかし——こんなものわざわざ書いてから、逃げられるほどの時間があったか？）

タルは不可思議な感覚にとらわれた。自分が今のショックで気を失っていたとしても一瞬のはずだ。それなのに——

彼の脳裡《のうり》に、さっき彼女に対して感じた錯覚が甦る。

（あの少女は——どうして〝似ている〟と思ったのだろう？）

それは彼がまだ、ジエスと二人組で傭兵をやっていたときのことだった。

彼らは戦禍に巻き込まれた小国市民の、防衛のための戦術指導をしていた。だが彼らの指導も虚しく、大国が介入してきたことで敵軍も味方軍も、もろともにゲリラとして扱われて壊滅した。

タルたちが守ろうとしていた都市は壊滅し、彼ら二人は燃える廃墟からなんとか脱出したが、そのときにタルは、ジェスが運転するジープの助手席で弾丸を喰らった肩を押さえながら、朦《もう》朧《ろう》とした目で見てしまったのだ——一人の幼い少女が、路上でボロ屑のようになって死んでいるのを。

その目は空を向いていた。もう光はないはずのその目は、どういうわけかひどくまっすぐに、天を睨《にら》みつけているように見えたのだ。

それから、彼は兵士として戦うことができなくなった。銃を持って敵を狙おうとすると、あの少女の目が自分を睨んでいるような気がして仕方がなくなるのだ。

かつて故郷の軍隊でも同じ部隊だった相棒のジェスもそれに付き合ってくれて、そして彼らはたまたま立ち寄っただけのつもりだったこの国で、スリム・シェイプと出会ったのだ。

(あの目に——あの宮下という少女は——どうして?)

と考え込みかけて、しかしすぐに敵が追ってくるかもと気がついて上を見た。

そこで目が丸くなる。

スポーツカーが、横倒しになって停まっていた。

そして土手の上に、乗っていた四人が全員放り出されていて、ぶざまに気絶していた。

「な——なんだ?」

このあっけない結末にタルは茫然としたが、すぐにそいつらの元に駆け寄って、ガムテープでぐるぐるに縛り上げた。四人とも、世にも恐ろしい物を見たとでもいうように恐怖に目を見開いた表情で固まっていて、全身を非常に鋭利な刃物で切り裂かれたような傷が無数に走っていた。

(何が起きたかわからんが——まあ、好都合だと思おう)

その作業をしていると、上の方から一台のバイクが降りてきた。結城玲治と濱田聖子だった。

濱田が無事でタルはホッとした顔になり、手を振って彼らに応えた。

＊

——一方、二つに分かれていたアフターマスの、残る一方をマークしていた小男のジェスは、監視しているビルから奇妙な物が出てくるところを見ていた。

(なんだ、アレは……?)

それは警備員が出入りするドアから外に運び出されていた。

(あれが——〝ロック・ボトム〟か?)

話に聞いていたような、恐るべき破壊兵器にはとても見えなかった。

それは植木鉢だった。

葉と木と蔦《つた》が複雑に絡み合った青みがかった植物が、植えられた鉢ごと何本も運び出されていく。全部で七つあった。

彼は目に当てた双眼鏡の倍率を上げて、さらによく観察すると、ひとつの異状に気がついた。

植木鉢は、そのどれもがくすんだ銀色をしている。持っている者たちの様子からして、ひどく重そうである。

(なんだ——特殊合金製の植木鉢だと?)

金属製の鉢というのはあまり見かけない。まるで根っこが絶対に外に出ないように封じているかのようだ。

(観葉植物にはとても見えない——やはりアレがそうなのか?)

彼はスリム・シェイプに指示を仰ぐことにした。

手にしたモバイルのキーボードに報告を打ち込む。

だが——どういうわけか、返答がない。

(?——どうしたんだ?)

これまで、こんなことは一度だってなかった。どんなときであっても、彼らのボスは呼びかけに答えてくれていたのだ。

彼と、相棒のタルはホーリィ&ゴースト同様にスリム・シェイプの正体を知らない。あくまでも彼らとスリムの関係は職人と雇い主のそれだ。だがその意志と行動は信じている。これは彼らが戦場に長くいて、信じられるものとそうでないものを見抜くことなしには生き抜いてこれなかったことから研《と》ぎ澄まされた感性からも、正しいと感じていることだ。

だが——その応答がない。

(よりによって、こんな重要なときに?)

植木鉢は次々とトラックに運び込まれていく。どこかに移送するつもりだ。

迷っている場合ではない。迅速《じんそく》に対応しなくてはならない。

彼は携帯電話を取り出して、相棒のタルを呼び出した。

『——どうしたジェス。今、こっちからも連絡しようと思っていたところだ』

タルはすぐに出た。

「今、そっちはどうなっている。監視している敵の動きは?」

『やむなく戦闘になったが、なんとか撃退したところだ。今はホーリィ&ゴーストと一緒にいる』

「それはちょうどいい——おまえたちも、すぐにこっちに来い」

ジェスがそう言うと、向こうでは驚きの声が上がった。

『なんだと? どういうことだ?』

「ボスと連絡が取れない——しかしアフターマスが宇治木のビルから例の物と思われる植木鉢を運び出そうとしている。一刻の猶予もない」

『なんだって? 本当にそれは〝ロック・ボトム〟なのか?』

(——やれやれ)

一人の女が、この〝ロック・ボトム〟という単語を確認して吐息をついた。

(ずいぶんと待たされたわね——まあ、見つかったから良しとするか)

状況とはまったく無関係の、遠く離れた喫茶店でひとりコーヒーを飲んでいる彼女は、傍目《はため》には普通の女性である。

眼鏡をかけて、やや地味な、だが上品な仕立てのスーツを着こなしている。なんとなくどこその社長秘書、もしくはやり手の若手女社長といった感じだ。通りを歩いていてもナンパされることはないが、高級ホテルのバーに一人で座っていれば五分以内に男が釣れそうな、そういう雰囲気を持っている。

だが彼女の仕事は秘書でも企業家でもない。そんなに複雑な仕事はしていない。

その使命は単純にして明解——不要物の処理である。

彼女の耳元に差し込まれたイヤホンからは、さっきからずっと声が流れている。

『確かに——こっちでもボスと連絡が取れないようだ。どうする？　ボスに何かあったのかな？』

『どちらにせよ、俺たちは受けている命令の方を優先しなくてはならない。奴らをこのまま見逃すことはできないし、俺一人では人数的に不利だ。ここは宇治木の方はひとまず諦めて、アフターマスの方に集中しなくてはならん』

そのタルとジェスの通信は、厳重に防御処置が取られているはずだったが、彼女はあっさりと盗聴に成功してしまっているらしい。

(傭兵集団アフターマスか——まだ残っていたのね。あーあ、せっかく生かしておいてやったのに。運のない連中ね)

彼女の表向きの名は雨宮世津子《あまみやせつこ》——またの名を〝リセット〟という。

所属するシステムの中では〝最強〟と並んで最も優れた始末屋の一人として名高い彼女の任務達成率は——一度も一〇〇パーセントを割ったことがない。

(まあ、回収の方は一通り、あの連中に取り合いさせてからでいいか。私は先に——ミスター・ロールモデルとやらの方に行くとしましょうかね)

雨宮はかすかにうなずくと、喫茶店の伝票を摑んで立ち上がる。

4.

アフターマスの中で、その男はドクターと呼ばれていた。

一応、皆の負傷や疾病の治療役ではあっても、実際は正式な医師免許も博士号も何も持っていないが、雰囲気が妙に科学者という雰囲気なので、そう呼ばれるのが自然なイメージなのだ。

「隊長——こいつはなんなんですか？」

そのドクターは、ロック・ボトムという奇妙な名前の植物の鉢をトラックに積み込みながら上官に質問した。

「麻薬の原料ですか？　何か特殊な薬品を培養する作用があるとか？」

「余計な質問はしなくていい」

隊長は素っ気なく言ったが、これにドクターは静かに抗弁した。

「しかし——たとえば爆発するような性質があったりすれば、トラックでの運送は危険かも知れません」

言われて、隊長の顔がはっと青くなった。あわてて携帯電話を取り出してどこかに連絡をする。

揉《も》めている。

「——いえ、ですから我々としても危険を避けるためには——はい、いえ。もちろん指示には従います。——わかりました」

隊長は苦虫を噛み潰したような顔で通話を切った。

「——できるだけ慎重に運ぶしかあるまい。とにかく、合金の鉢から〝根っこ〟を外に出さないように注意していれば、とりあえず問題はないようだ」

「……〝根っこ〟ですか？」

ドクターはあらためて鉢に目をやった。

「毒性でもあるのですか？　運んでいる途中で我々全員、汚染されるとか――」

言われて、また隊長の顔色が怪しくなる。だが彼は不安を振り払うように、

「とにかく、我々は一刻も早く移送しさえすればいいんだ。何の問題も――」

と強い声で言いかけたときに、トラックの運転席にいた傭兵が焦った顔をして飛んできた。

「隊長――連絡不能になっていた別働隊は壊滅したらしいです！」

「な、なんだと？」

「警察の通信を傍受していましたが――スポーツカーに乗っていた四人を確保したと、確かに……」

「う――」

隊長は助けを求めるようにドクターの方を見る。

そう、何故彼がドクターと呼ばれているのかというと、外見だけでなく、複雑な状況の際に、かなり正確な〝診断〟をする才能があるからだった。

ただし傭兵としては、それほど戦闘センスがあるわけではないので、部隊を率いたりすることには向かない。だから彼は隊長でも副官でもない〝戦医《ドクター》〟なのである。

「停まっていることが、この場合は最も危険だと思いますね。とにかく、この場から動くのが先決でしょう」

ドクターの冷静な言葉に、隊長は「よし」とうなずいて、

「とにかく出発だ。荷物は倒れないように、しっかりと固定しろよ」

彼らは二台のトラックに七つのロック・ボトムを分けて積み込み、すぐに発進した。目的地は、税関を誤魔化すためにこの植物を偽装する依頼主指定の工場である。

「…………」

ドクターは、四つの植木鉢を積んだ方の車の、その荷台に荷物と共に乗り込んでいる。

ごとごと、と彼の目の前で奇妙な植物たちが揺れている。

(こいつはなんなんだろう？)

彼は、さっきも隊長にした質問をもう一度自分の頭の中で繰り返した。

見たことのない植物——それも、なんとなくだが、人工物のような感じがする。化学薬品の臭いがするような、ジャングルなどには決して生えていないような——不自然な植物だった。

色も、緑が青々しているというよりもあからさまに蒼《あお》い。葉も蔦も幹も強力合成洗剤みたいな色をしている。

「…………」

ドクターは黙り込んで、考え込み、見つめている。

そんなドクターの様子を、一緒に積み荷を監視している仲間の傭兵はやや気味悪そうに見ている。

(なんでそんなに、まるで美女でも見ているみたいな目でじろじろ観察してんだ？)

そもそも、このドクターという男が優れた判断力を持っているのに隊長になれないのは、その才能がひどく歪《いびつ》だからである。彼は状況を分析するだけで、ではその危険な状態から如何に自分たちが脱出するかとか逆転の方法は、とかそういうことにまるで頭が回らないらしいのである。というよりも、なんだか自分が助かるということにほとんど興味が湧かない、といった方がいいかも知れない。

逆に言えば、自分がやられる危険性から目を逸らさず〝もしかすると都合良くいくかも知れない〟という希望をまるで持たないが故の、冷静な分析力かも知れなかった。

だがその、様々なことに無関心のはずのドクターが、どういうわけかこのロック・ボトムに、やけに興味をそそられているようだ。

（何が気に入ったんだ？　こんな気色《きしょく》の悪い植物なんかを……）

もしかすると、こいつはこれが何に使うのか、その分析の才能で嗅ぎつけていて、それに魅力を感じているのだろうか。しかし彼は酒も煙草もやらないし、麻薬にも関心を示さない。植物の特殊な使い道など、そういった物ぐらいしか思いつかないはずだ。そういうもので彼の心は動かない。

では、この冷たいドクターの心の底にある何かは、この不気味な植物に何を見ているのだろうか？

「………」

ドクターは押し黙って、ロック・ボトムを凝視している。

その内心では、自分でも知らず、

（……ずたずたにしてしまうのか？　なるほど――）

と、この植物に共感しているのだった。

【第五犯例】

公務執行妨害

公務員が職務を遂行するに当たり、これに対して暴行又は脅迫を加えた者は、三年以下の懲役又は禁錮に処する。

〈刑法第九五条〉

1.

結城玲治は、三人分の新たな移動手段として、路上駐車している車を盗みながら、自分もずいぶんと犯罪に慣れてしまったなと思った。

(俺は変わったんだろうか? いや、しかし)

思えば、最初に濱田聖子が自転車を盗もうとしていたのを、彼がスクーターを盗んでやったのが始まりなのだから、そういう意味ではあんまり変わっていないとも言える。なんだか自分が、ひどくつまらない男のように思えた。

あれこれ考えながらも、行動は冷静かつ的確に、バキッと鍵《ロック》を壊してギャルンとエンジン掛けて、さっさとタルとホーリィが待っている場所に向かう。

「早いな!」

プロのはずのタルまでも、彼の手並みに感心した。彼は痛めた左肩をかばうために今は片腕を吊っていた。

「またまた、なんか高そうな車を盗んできたわねえ。こういう趣味でもあるの?」

濱田は呆れたように言ったが、それ以上文句も言わずにさっさと二人とも乗り込んできた。

ジエスからの連絡によると、敵はもう移動を開始してしまっているらしい。もたもたしている余裕はなかった。結城はすぐに指示されている場所に向かって車を走らせる。

(——しかし、相変わらずスリム・シェイプとの連絡は取れないし)

彼はハンドルをさばきながら、状況を分析しようと考えていた。

(もともと、俺たちはあいつの言いなりになることで、なんとかやってきたようなものだ……その指示なしで、肝心の一番の仕事なんかできるのか?)

ロック・ボトムの処理。そもそもそれこそがスリム・シェイプの最大の目的だということは最初から聞かされて知っている。

それを公表するかしないか、それを警察との取り引きの材料として使うことで、彼らホーリィ&ゴーストのものとされている罪を(もっとも今となっては実際にやっちまったことの方が多いのだが)晴らすのが唯一の道だと言われたので、そうしていただけなのだ。しかしその寸前になって、当のスリムは無反応になってしまった。

「………」

彼が押し黙っていると、濱田が、

「どしたの? なんか暗いわね?」

と呑気な口調で聞いてきた。ついさっき死にかけたばかりだというのに、この女は本当に神経が太いなと思いながらも、

「別に——緊張してんだろ」

と彼はそっけなく言った。すると彼女はぷっ、と吹き出して、

「そういうことは、マジに緊張している人間はあんまし言わないと思うんだけど?」

と言った。結城はちょっと肩をすくめて、

「かも知れん」

とあっさりうなずいた。実際、緊張しているという意識はなかった。ただなにか——すっきりしないだけだ。

「あたしは緊張してるわよ、うん」

濱田は弾むような口調で言い、それはちっとも緊張しているように聞こえない。

「だってさ——ここであたしたちがしくじったら、相当にやばいことになる訳じゃん? 割とスゴイって思わない? あたしたちってヒーローよヒーロー」

「ヒーローってのはこそこそ車盗んだり金チョロまかしたりするのかよ?」

結城が鼻を鳴らしながら言うと、濱田は少し眉を寄せて、

「だーかーらー。どーしてあんたってそうノリが悪いのかしらねえ?」

と、ふてくされるように言った。さらに何かを言いかけたが、ここで後ろの席のタルが笑い出したので、そっちを見る。

「なに?」

「いや——いいコンビだな、と思ってな」

タルは二人を優しい目で見ていた。

「なんだかそうしてると、ずっと昔から二人でチーム組んでたみたいに見えるぞ」

「そ、そうかしら?」

濱田は明らかに嬉しそうな顔になった。結城はちょっと顔をしかめたが、やがてため息と共に、

「腐れ縁ってヤツは、別につき合いが長くなくても成立するんだなと、最近思うようになってきたよ」

と投げやりに言った。これに濱田とタルは揃って笑った。

「ねえ? タルさん?」

濱田がごく軽い口調で訊いた。

「なんだ?」

「あなたたちのボス――スリム・シェイプとこのまま連絡が取れなくなったとしたら、どうする?」

さらりと質問した。

それは結城も訊こうと思っていたことだったので、彼もバックミラー越しにタルに視線を合わせた。

「――」

タルは二人の視線を受けとめながら、やや息の詰まるような感覚を覚えていた。

(——確かに、いいコンビだな)

そう思った。濱田聖子は、結城玲治がさっき黙りこんでいたのはその疑問を持っていたからだと見抜いていたのだろう。

「君たちは？」

タルは逆に問い返した。

「ホーリィ&ゴーストの方が、我々よりもボスに依存している割合は高いはずだ。君らはもし、この事件が終わった後でボスのサポートが受けられなかったら、どうやって警察と取り引きするつもりだ？」

「そーねえ。ま、なるよーにしかなんないんじゃないの？」

「別に、最初からそれほどアテにしてたわけじゃねーし」

二人は実に簡単に言った。

タルは——彼自身は内心ではプロの自分が彼らを導かねばと焦っていたところも正直あった。だが今、それは逆なのではないかと感じた。ほんとうにたまたま、事態に乱入してきたような立場のはずの、この二人こそが今、すべての鍵を握っているのだと直感していた。

(ホーリィ&ゴースト——もしかすると、この二人は途中で失敗してしまう運命にあったボスの仕事を成功させるために、天が用意してくれたのかも知れないな)

彼は決して楽観していない。場合によってはこのまま事態から撤退するのもやむを得ないとすら思っていた。だがこの二人は、考え込んだりはしていても、途中でこれをやめる気だけはまるでないようだ。

三人を乗せた車は道をひた走る。

運命の待つ目的の地――後に、ホーリィ&ゴーストの伝説が終わったところとして世に知られることになる場所に向かって。

2.

霧間凪は面会の後、医師から病人の症状を聞いていた。そこに看護婦が扉をノックもせずに飛び込んできた。

「大変です先生！　特別室の江守さんの様態が急変しました！」

「すぐに行く！」

医師は即座に立ち上がった。そこには驚きはなかった。来るべきものが来てしまったか、という感じだった。

凪は、無言で医師たちがばたばたと働き始めたのを見ていた。

彼女の顔にも動揺はない。ただ、よく見てみればその下唇が強く噛みしめられているのがわかっただろう。

彼女は関係者以外立入禁止のはずの病室の、その隅に邪魔にならないようにやってきた。なかば患者の身内として黙認されていて、誰も彼女のことを関係者以外は入室できませんと咎《とが》めなかった。

彼女は、まっすぐに友人の息が絶えようとする姿を見つめていたが、その眼に鋭い光が突然に浮かぶ。

彼女は病人の左手を見ていた。それは傍目には、びくんびくんと痙攣《けいれん》しているようにしか見えなかったが、しかし——彼女にだけはわかった。

それは病人が、いつもいつも叩いていたキーボード操作と同じ動作で、指先は空間に文字を叩いていた。そう——自分を見ているはずの凪に見えるように、その位置で。

「…………」

凪は、それを見るなりきびすを返し、早足で駐車場にまで降りていった。この後、この病人の〝身内〟と称する者たちが彼の資産とそれを受け継ぐための法律的立場を得るべく死に目に会いに押し寄せてくるだろう。そのとき、ただの友人でしかないはずの彼女はこの場にいない方がいいことは確かだったが——しかし、彼女を動かしているのはそんな処世的な判断ではなかった。

彼女は自分のバイクのところまで来ると、持っていた携帯端末を出して、情報を検索した。

ホーリィ&ゴーストが駅前で暴れて、追跡のパトカーが壊滅し、どの方面に逃走中だというようなデータが現れて、彼女はかすかにうなずいた。

そしてバイクにまたがると、そのまま全開に近い速さで走り出す。

彼女は、彼に——スリム・シェイプに最後にこう告げられたのだった。

〝トチュウデ、トマッテイル。アトハ、マカセタ〟

——と。それは依頼ではなく、信頼に他ならない。誰に伝わらなくとも彼女にだけはその重みがわかる。

(そうともスリム——なにしろオレとおまえは同類だからな)

炎の魔女は、いきなりに近い形で事態の中心に、平然とした覚悟の元に飛び込んでいこうとしていた。

3.

「…………」

豪華な内装の施された一室で、宇治木貢はひとり沈み込んでいた。

彼はさっき、アフターマスの連中から受けた連絡で〝この植物に毒性があるのか〟と訊かれて、即答ができなかった。知らなかったのだ。その能力と使い方は知らされていたが、それ以外のことは、よく考えてみたら何も理解していなかった自分に彼はその時はじめて気がついたのだった。

まるで知らないものにさんざん怯《おび》えて、苛立たされてきたのか——

「……………うう」

とりあえず、ロック・ボトムは彼の手から離れた。金になるかどうかはまだ買い手が付いているわけでもないので保証の限りではないが、とにかく既に手元にはない。

この段階で他の者に発見されても、アフターマスに責任を押しつけることは容易だ。彼はとうとう寺月恭一郎に押しつけられた重荷を捨てることにほぼ成功したのである。

身軽になった——自由になったのだ。

それなのに、そのはずなのに、彼は……ひどく疲れていた。

「……………ううう、う——」

がっくりと脱力してしまって、デスクの上にほとんど突っ伏している。

祝杯のつもりでクリスタルグラスに注いだブランデーにも、まったく手を付けていないままだ。

すべてはうまくいったはずだ。寺月は死んで彼から預かっていた資産は自分の物だし、余計な危険物はなくなった。あらゆる障害は目の前から消えて、彼の前途は大きく開けたはずだった。だがそこで、彼はふっと悟らざるを得ない。

ではこれから、誰にも命じられることもなく、片づけなければならない問題も消えた後で自分は一体、何をすればいいというのだろうか？

自分からしたいと思う何かが心の中にはまるで見つからない。

彼は実際のところ――途方に暮れていたのだ。

「うう――俺はこれから――何をすればいいんです、寺月さん――」

彼がぼんやりした口調で呟いた、そのときだった。

「そうね――とりあえず、そのお酒を飲んだらどうかしら？」

声がいきなり部屋の中に響いた。

びくっ、として彼は顔を上げた。

そこには一人の女が立っていた。

眼鏡をかけて、地味目の外見をしているが、しかし印象はひどく鮮烈だ。誰かに似ているような気がした。

「な――なんだおまえは？」

宇治木は茫然としながら訊ねた。部屋の鍵は掛けてあったと思ったのに、この女はどこから入ってきたのだろう？

「なんだと思う？」

女は口元にかすかな笑みを浮かべて逆に訊いてきた。

「絶望に打ちひしがれる男の前に現れた一人の女――その仕事は果たして何か？」

「………」

宇治木は判断停止の状態にあった。何がなんだかわからなかったのだ。だがそれでも彼は別に女から目を逸らしたりはしなかったはずだ。

ずっと女を見ていたはずなのに、気がつくと女が手に妙な物を、どこから出したか手品師のようにいつのまにか持っている。

黒い、つや消しの表面処理がされているその金属的な装置は――どう見ても拳銃だった。

「………」

宇治木の口はぽかん、と間抜けに半開きになっている。

「私の名はリセット」

女は、拳銃の銃口をぴたり、と宇治木の脳天に合わせて、微動だにしない。

「能力名は〝モービィ・ディック〟で、仕事は不要物の処理」

静かに言う、その言葉を聞きながら、宇治木はこの女が何に似ているのか、ここでやっと気がついた。

寺月恭一郎に似ているのだった。顔も、表面的な態度もまるで異なるが、なんというか――

眼の奥にあるものが同じだった。人を人とも思ってないような、投げやりなのに攻撃的な、相手に対しての無関心と鋭い観察が同時にある、そういう目つきをしていた。

それは——死神の眼だ。

「あの男が処理されたときに、問題の不要物も一緒に処分されるはずだったんだけど、彼は既に、そいつをどこかに捨ててしまっていたので、探すのに多少手間取ってしまった。しかし隠し場所から少しでも動かしてもらえば、まあ——すぐにわかるわね」

「…………」

宇治木は茫然としている。そこに女はさっき言ったことをもう一度繰り返した。

「とりあえず、そのお酒を飲んだらどうかしら？」

宇治木は言われるままに、クリスタルグラスを口元に持っていって、傾けた。喉元に熱いブランデーが流れ込んできた。

ため息をひとつ付いて、ごとっ、と空になったグラスをデスクの上に戻す。

「さて——世界の裏では何が起こっているのか、説明して欲しいかしら？」

リセットと名乗った女は静かに訊いた。これに宇治木はゆっくりと頭を横に振った。

「いいや——もうたくさんだ。これ以上、俺は何も知りたくない。勘弁してくれ」

疲れ切った言い方だった。

「それは賢明ね」

リセットは囁くように言い、そして間を置かずにそのまま引き金を引いた。

宇治木貢の身体がデスクの上に崩れ落ちた。そして動かなくなる。

これで——ロック・ボトムをめぐる事態からは事実上、事の始めからいた当事者が一人もいなくなった。未だに残っているのは全員、雇われたり巻き込まれたり、いずれにせよ後からこれに参加した者ばかりになってしまったのである。

「——」

リセットはその死体の前に歩いてきた。そしてデスクの上に落ちていた物を拾い上げる。

それは——彼女が今、銃から発射したはずの弾丸だった。

そして死体には——そこには弾痕がどこにもない。たしかに頭部を直撃して、生命を奪ったはずの弾丸は頭部にめり込むことなく、皮膚に痣ひとつつけることなく、そのまま跳ね返って下に落ちたのだった。

しかし解剖されれば、その脳内の重要な血管が一本、完全に破れてしまっていることに人は気づくだろう。死因は脳溢血——ということにしかならないはずである。

リセットの殺し方は後に証拠を残さないのだった。

「さて、と」

リセットは弾丸を拳銃と共にポケットにしまい込む。

「次に行きますか」

4.

「——この工場じゃないのか？　敵が向かっている先って——」

結城玲治はカーナビの地図を見ながら呟いた。

「え？　どれどれ？」

濱田聖子も画面を覗き込む。

「(株)パブリックサービス第八工場？　ここってなんの工場？」

敵を追跡しているジェスの現在位置が、その沿岸にある工場に向かって確かに移動している。

周囲には他に、建物らしい建物は見られない。

「パブリックサービスは、旧ＭＣＥ関連企業のひとつだ。訳すと〝公共奉仕〟なんぞというふざけた名前だが——実質は医療廃棄物の不法投棄などを請け負ってくれる、いわば表沙汰にできない汚れ物の始末業者だ」

「ずいぶんと、らしくなってきたじゃないか」

結城はにやりとした。

彼らはそのまま移動を続け、やがて海沿いの道に出た。これをそのまま進めば、問題の工場に着く。

「都合がいいかも知れないな」

結城は呟いた。

「ロック・ボトムの弱点は、海水なんだろう？」

「ああ、そういう情報があるとは聞いていた。断片的すぎて、なんのことかと思っていたが、正体が植物だというのなら何となくわかるな」

「じゃあ、ぶんどってやったら即、海ん中へドボン！　って放り込んでやればいいのね」

濱田もうなずいた。

「やっとケリがつけられそうね。うー、ワクワクしてきたわァ」

濱田はぶるっ、と身震いした。どう見ても怖いのではなく武者震いの類であることは明白だった。

そのとき、彼らの元に先行するジェスから連絡が入った。

やはり、目標の移動先は例の工場で間違いないらしい。トラックが敷地内に入っていって、停止するのを確認したという。

〝おそらく、ここであの植木鉢にカモフラージュを加えて、海外に持ち出せる害のない荷物に偽装するつもりだな〟

「警備の方はどうだ？」

〝表に立ってはいないが、それが逆に不気味な気がする——監視しているのは間違いないな〟

「敵の巣に入るのは危険だな――後から出てきたところを狙うか」

「あら？　そいつはちょっとまずいんじゃないの？」

濱田が口を挟んできた。

「だって、一回で運び出すとは限らないでしょう？　何回かに分けて、そんで囮みたいに何も持っていないヤツも出したりされたら、もう手ェつけらんないんじゃないかしら？」

「そうだな。悠長に待ってはいられない」

結城もうなずいた。

「し、しかし――」

タルは抗弁しようとしたが、相棒のジェスからも、

〝もっともだな――連中には焦る理由がないから、当然そうするだろう〟

と言われてしまった。

「突入するっていうのか？　戦力は圧倒的に不足しているぞ？」

「あら？　不足しているかしらね？」

濱田がニヤニヤしながら言った。

「こっちには〝ホーリィ＆ゴースト〟がいるのよ？　このビッグネームを使わない手はないでしょう？」

「なんだと？　なんのことだ？」

「なるほど――」

結城が納得した、という顔をする。

「通報してやれば、部隊が一斉に駆けつけてくれるってわけだ」

言われて、タルはぽかんとした顔になる。

それはまさしく、プロの彼らからしたら完全な盲点であった。

「――け、警察を呼ぶっていうのか？」

自分たちを追いかけてきているはずのそれを、わざわざ呼びつけて敵にぶつけようというのか――

「無茶苦茶なことを考えるな……」

〝いやいや、いいアイディアじゃねえか？〟

相棒の笑っているような声が聞こえた。

〝で、ついでにロック・ボトムごとあんたたちも投降しようっていう訳か。まあ、始めっから警察とは取り引きするつもりだったそっちからすれば一石二鳥だな。だがスリム・シェイプのサポートなしでうまく行くかどうかはわからんぞ？〟

「その辺は賭けるしかないけどね」

濱田はうん、と自分に向かって言い聞かせるようにうなずいた。

（…………）

結城玲治は、この相棒ということになっている少女をバックミラー越しに見つめていた。

相変わらず、思い切った女だな――と彼は感心していた。自分はどこかで、知っていることや結果の予測が付くことしかできないところがあるが、この濱田聖子にはそういうつまらない枷《かせ》がないと思う。何を考えているのだろうか？

俺たちはなんなのか、というようなことをふと思う。世間ではきっと、二人は恋人同士ということになっているだろう。しかし自分はこの彼女のことをどう思っているのか？

スリムの指令に従うのに忙しく、そんなことはほとんど考える余裕がなかったと言えばそうなのだが、それだけではなく、なにか彼は彼女のことを側にいながらも意識しないようにしていた気もする。それは何故だろうか――と考えたとき、彼ははっとした。

（彼女が何を考えているのかわからないんじゃない――俺は、俺が何を考えているのかすら知らないんだ）

そのことに気がついて、彼は少し愕然《がくぜん》としていた。実は自分は、ずっと前からとっくに手遅れだったような、そんな気がしてならなかった。

＊

〝ホーリィ&ゴーストはその工場にいる〟

という匿名の通報を受けた警察は、その真偽を疑いつつも数台のパトカーを現場に向かわせた。

しかし、警察が工場に着いても特に騒ぎになっているような様子はなかった。

「一応、中を見せてもらえませんかね？」

警官はゲートを閉じている工場警備員に向かって言った。

「いや、部外者は立入禁止なので……」

何やらおどおどしながら、向こうは言ってきた。

「しかしですな、重大な犯罪事件の容疑者がここに逃げ込んでいるという通報があったんですよ。我々としてはこれを見逃すわけにはいかんのです」

警察側としても正式な令状がないので踏み込むというわけにはいかないが、ただ引き下がることもまたできない。

「そんなことを言われましても、本社の許可がないと……」

工場側でも焦っていた。その本社との連絡がうまく行かないのだ。向こうで誰か死んだとか何かあったらしく、大騒ぎになっている。

警察と工場が押し問答しているのを、工場内ではアフターマスの兵士たちが苦い顔で観察していた。

監視カメラで確認できるだけでも、警官は十人はいる。これだけの数で動いて、何もありませんと言っただけで引っ込むことはまずない。連中にもメンツがあるからだ。遅かれ早かれ踏み込んでくる。

「どうしますか?」

ドクターが隊長に質問しても、彼は苦い顔をして、

「……依頼主《クライアント》との連絡は相変わらず取れないのか?」

と訊き返してくるだけで、彼も混乱しているのは間違いなかった。

他の兵士がやや苛立ちながら、

「とにかく隊長、あれを隠した方がよろしいのでは?」

と植木鉢を示すと、隊長は忌まわしいものでも見るような眼でそれを見て、

「……契約が無効になるのなら、今すぐ処理してしまってもかまわんくらいだ」

と吐き捨てるように言った。

「それではこの仕事はさておき、後の信用に関わりますよ」

ドクターの冷ややかな声に、隊長は顔を赤くして怒鳴る。

「そんなことはわかっている!」

他の兵士たちが必死でなだめる。

「あまり大きな声は——」

「とにかく、この工場には広い地下がありますし、今はそこに移動させてから偽装に掛かりましょう」

「例の鍾乳洞《しょうにゅうどう》か――」

また隊長は顔をしかめた。

「どうしてこう、不気味なものばかりなんだ、この仕事は――」

そのとき突然、外から激しい衝撃と爆発音が響いてきた。


警察と工場の関係者が揉《も》めている、まさにそのど真ん中にそれは来た。

車が、クラクションを鳴らしながら突撃してきたのだ。

警官の一人が停まるようにと車の前に出ようとしたところで、彼の顔がひきつった。

車には誰も乗っていなかった。

無人で、一直線に、駐車しているパトカーの間隙を突くように突っ走ってきているのだ――

「な……」

彼は一瞬茫然として、しかしすぐに事態を悟る。ハンドルとアクセルを固定されて、走ってくる車は制止不能だということを――

「に――逃げろ！」

皆に向かって怒鳴った。

全員が、わっ、と叫んで逃げ出しかけたそこに車は突っ込んできた。フロントバンパーを凹《くぼ》ませながらゲートを弾き飛ばし、工場敷地内に入り込んだ所で、それは突然に爆発した。

——それはさっき結城玲治が盗んだ車に、しかるべき細工を施したものだったのだ。

「………」

炎上する車を、警官も工場の者も唖然《あぜん》として見つめていたが、その少し離れた所から、がしゃん、と工場の柵を何者かが乗り越えたような音がした。

そのふたつの人影は、工場の方に向かって走っていき、すぐに建物の陰に隠れて消えてしまった。

「———!」

警官たちの眼の色が変わった。

「や、奴等だ!」

「しまった! 今の隙に———」

警官たちは一斉にそっちの方に走っていく。

「ま、待て!」

それをつい、工場の者たちは停めようとしてしまって、そして両者はそこで衝突してしまった。

「き、貴様ら、公務執行妨害だぞ!」

「い、入れるわけにはいかないんだ！」

揉み合いから本格的な争いに発展するのに、さほどのときは必要とはされなかった。

そして——爆発炎上している車の、人々からは死角になっている後部ドアがゆっくりと開いた。

そこから二人の男女が這い出してくる——濱田聖子と結城玲治だ。

そう、エンジン部分が火を噴いている車の、座席部分にまでは火が回っていなかったのだ。そうならないように細工してあったのである。

警察と警備の連中はお互いに気を取られている。潜入作戦は成功したが、しかし——

（しかし、たまんねー熱さだわ……！）

二人とも、火で炙《あぶ》られる車内に一分近くもいたために、下手なサウナよりもずっと汗をかく羽目になっていた。うだりながらも、二人は転がるようにして車から離れる。

ぜいぜい言いながら工場入り口のひとつに辿り着く。そこには誰もいない。もぬけのからだった。

建物の中は妙にだだっ広く、機材や荷物が転々と散らばっている感じだった。照明が落とされているのでかなり暗い。

「うわ、こん中から植木鉢を見つけるの？　かなりキツそう」

濱田がぼやくように言ったが、相棒から返事がない。

「ねえ？」

と彼女が結城の方を見ると、彼ははっとした顔になり、

「あ、ああ」

と曖昧にうなずく。彼女と眼を合わせようとしない。

「タルとジエスの方はうまく逃げられたかしら」

あっちの二人は、忍び込んだように見せかけてその実、敵がロック・ボトムを持って逃げ出したときのために外にまた出ているはずなのだった。

「ああ――」

彼はどうも歯切れが悪い。

「どうしたのよ？」

濱田は気になった。

「いや――あんたさ」

「ん？」

「俺のことを恨んでるんじゃないのか？」

唐突に言った。

「――はあ？」

濱田は何を言われているのか理解できない。

「最初に、俺が余計なことをしなきゃ、あんたの方はこんなことに巻き込まれずにすんだだろう。俺は、まあ——割と〝どーにでもなれ〟って感じで平気だったんだが——そっちはどうだったんだろう、って思ったら、なんか——」

彼は頭を何度か振って、そして言う。

「捕まったら、俺のせいにして、あんたは人質にされてたみたいにした方が良くないかな？」

「……何言ってんのよ、ゴースト？」

濱田はこの男の子が、急にものすごい馬鹿のような気がしてきた。

「後は俺がやるから、あんたはこのままこの辺に隠れてろよ」

彼は渋い顔をしながら、あくまでも彼女と眼を合わせない。

「あ、あのね——あんたねえ」

濱田はほとんど呆れながら、彼に文句を言おうとした。彼は彼女から顔をそむけるようにして、工場の隅に置かれていたコンピュータの端末を立ち上げる。内部の見取り図を探すつもりなのだ。

「そうだろう——あんたには〝明日〟が来るんだろう？」

結城は作業しながら、ぼそりと言った。

「俺には、残念ながらそんなものがあるとはどうしても思えない。しょせんは、その、まだ。だったら——」

「なんの話よ？　あんたね、なに一人で勝手なことを——」

濱田は彼に詰め寄ろうとした。だがそこで彼の背中がびくっ、と強張ったので眉が寄る。

「なによ？」

「こいつは——」

彼の視線の先にはモニターの画面があり、そしてその中に浮かび上がっているのは……包帯を身体中に巻きつけているイタチのアニメーションだった。

『YAH少年少女たち！　元気に犯罪に励んでいるかな？』

イタチは陽気に、いつもの調子で話しかけてきた。

それを見ている二人は、どっちも茫然としている。

「な……」

「さ、さっきまでは全然出てこなかったのに——な、なんでこんなところに出てくるのよ！」

二人とも、同じ可能性に思い当たっていた。そのことは今までもずっと、内心では疑っていたことだった。

騙《だま》されていたのか？

今、二人はまさにその罠にはめられてしまったということなのか？

『ああ——いやいや』

包帯イタチは二人に向かってウインクしてきた。

『残念だが、こいつはもうリアルタイムじゃない。録画だ。だから話しかけてもらっても返事はできない。こっちは、ちとまずいことになって、もう君らに対して協力することが難しくなってしまった。だから、あのまま君らは逃げていて、これを見ていないかも知れないが——それなら、それでもいい』

話していることがなんだかおかしい。濱田と結城は「？」と互いの顔を見合わせた。画面の中では停まることなくイタチが動いて、喋り続けている。

『この場所は、おそらく最もロック・ボトムが運び込まれる可能性の高い場所だ。君らがここに来ているということは、それを追ってきてくれたということで、これには大いに感謝するし、尊敬するよ。ありがとう』

ぺこり、とイタチは頭を下げた。

「す、スリム——ちょっとなんなのよ？　ふざけるのはやめてよね！」

「いや——黙って聞け」

結城が彼女を押さえた。彼にはだんだん理解できてきた。

このコンピュータに、正式でないやり方で侵入しようとする者が現れたときに、このプログラムは起動するように仕掛けられていたのだとしたら——そして仕掛けた者にはもう時間がなかったとしたら——

『こいつは、既に盗聴されている可能性もあるから、細かいことは言えない。だが――』

5.

「――そういえば、このロック・ボトムで思い出したんだが」

地下に、アフターマスのメンバーたちがその危険物を運んでいる途中で、ドクターが唐突に話し出した。

「昔、我々は今と似たようなことをしていたことがあったな」

他の兵士たちは、こんな緊急時に彼の物言いが妙に呑気で穏やかなので不審がる。

「……？」

「……なんだって？」

彼らの周囲は異様な風景がある。

工場の下に広がっている鍾乳洞――いや、鍾乳洞があったからこそ、ここに工場が建てられたとも言える。ここは危険物を密かに爆破したりするのに使えるほどの広さと深さ、そして頑強さを持っているからだ。ランプが上から吊るされている通路も複雑に、重層に入り組んでいて、翳《かげ》りが周囲の至るところに生まれている。ペンキで乱暴に矢印が描かれていなければ、どこから来たのかすぐに見失い、二度と出られなくなってしまう危険性がある。

　そんな中で、ドクターは回想を始めたのだった。

「あれは——某国で細菌兵器の極秘搬送を行っていたときのことだったな。我々はそのとき、一国の人間を皆殺しにできる能力を持っていたと言える。あのときその〝力〟を解放していたら、細菌の繁殖具合によっては、もしかしたら我々は世界を滅ぼせたかも知れない」

　そういうことは確かにあって、そしてこのドクターはその失敗した作戦のときに直接、関わっていた部隊の数少ない生き残りの一人であることを皆は思いだした。

「そのときの我々の失敗は、予測不能の原因によるものだった。味方を殺し、細菌兵器を使用不能に〝殺菌〟してしまった正体不明の襲撃者——リセットと名乗ったあの女がどこから来たのか遂にわからなかった」

　ドクターはため息をついて、首をかすかに左右に振った。

「だから——それがどうしたというのだ？　今の状況となんの関係がある？」

　隊長が苛立って問いただした。これにドクターは薄い笑いを浮かべた。

「あのときに私は思った——世界には、どうやら極端な危機の際に現れて、事態をなかったことにしてしまうああいう者がいるのだな、と——それが巨大なシステムからの刺客なのか、あるいはそれ以外の超常現象に類する者なのかは定かではないだろうが——それらに対して警戒しない限り、事は成就することはないのだ、と認識したのだ」

「……だから、なにを言っているのだ?!」

ドクターは答えず、彼らの誰でもない方向に視線を向けて、そして話しかけた。

「やっと、お出ましになったようだな——世界の敵の、敵よ」

メンバーたちは彼の視線を追いかける。それは彼らの背後だった。

その先には大きな凹凸があり、なかば闇に溶け込んでいるようなところに——何かが立っていた。

暗黒の闇の一部がそのまま伸びて、人のような人でないような、筒に似た奇妙なシルエットを形成している。帽子とマントと思しき漆黒《しっこく》の間には白い顔が、左右非対称に黒いルージュを歪めて——

「最悪が、望みだったとは——」

囁くように言うと、ブギーポップと呼ぶ者は呼ぶその影は、視認されるや否や彼らに向かって襲いかかってきた。

「うわっ！」

アフターマスの者たちは慌てて影めがけて発砲した。だが——このとき真の脅威はブギーポップそのものにはなかった。

彼らの背後で、自身は仲間を盾《たて》にするような位置に置いたドクターが、軽機関銃をかまえて——ブギーポップも、自分の前に立つ味方もかまわず、無差別に辺り中に銃弾を撒き散らした。

血飛沫《しぶき》が飛び散り、人々がもんどりうって倒れる中で、ドクターは彼らが持っていた植木鉢の幹を掴むと振り回して、特殊合金製の鉢を振り落とした。

そして、根っこの部分が剝き出しになったその〈ロック・ボトム〉を、そのまま地面に押しつける——変化は劇的で、かつ急激だった。

植物の根は固い岩盤でもあるはずの鍾乳洞の地面に、あっというまに喰い込み、まるで砂地に水がこぼれ染み込んでいくような速度で広がり伸びていき、直後、

——ごっ、
という轟音《ごうおん》と共に、周辺は地の底が抜けたような激しい大地震《アースクエイク》に見舞われた。

【第六犯例】

殺人

人を殺した者は、死刑又は無期若しくは三年以上の懲役に処する。

〈刑法第一九九条〉

1.

かつて、濱田聖子と結城玲治はこういう説明を受けていた。

『それは極めて特殊な使われ方をする兵器だと言われている。通称ロック・ボトム――名前の通りに〝根底《ボトム》を揺れ《ロック》させる〟能力があるという――つまり、大きな地震を生み出すことができるという』

『細かい仕様については不明としか言いようがないけど、しかしこの兵器はどうやら爆発物とか機械装置に類する物ではないらしい』

『大地にはエネルギーの流れがあるという。地脈とか気の流れとか呼ばれるものだ。ロック・ボトムはどうやら〝それ〟をどうにかするものらしい』

『情報は断片的で、よくわからないし抽象的だ――〝地脈と共鳴し、これを威圧するパルスを放つ〟とか、少なくとも現在知られている科学技術では不可能としか思えないことばかりだが、同時にこの情報の出所の種類からして、たとえこれが真っ赤な嘘っぱちであったとしても、極めて危険性の高いなにかに関係しているのは間違いなく、兵器であることには変わりない』

『ロック・ボトムは寺月恭一郎が、彼が所属していたあるシステムから預けられていたらしい。その目的は、いざというときに都市を丸ごと破壊してしまうためだった。〝いざ〟というのがどんな場合だったのか、そこまではわからないが——しかしシステムは、どうやらロック・ボトムが未完成の不良品であることに後から気が付いたらしい——』

『推測だが、おそらく地脈の流れというものは彼らが想像していたよりも遙かに強いものだったのだろう。それに干渉すると、どこまで規模が広がるのかわからなくなったんじゃないだろうか』

『いったん発動させてしまうと、全世界に衝撃が広がって、しかもそれがいつ収まるかわからない——大地震で世界を滅ぼしてしまいかねないほどに』

『だからシステムは、ロック・ボトムの破棄を寺月に命令したらしいが、寺月はそれに従う振りをして、こっそりと子飼いの部下である宇治木貢に隠匿するように指示したんだ』

『寺月がなにを考えてロック・ボトムを残しておいたのかはもう謎だが——しかしそれを受け継いだ宇治木にはなんの考えもないことは確かだ。そして——ヤツはそれを見境のない連中に売ることを考えている。こういうときに一番危険なのは、売られることだけじゃなく——その動きの中で計算外のなにかが起こってしまうことだ』

＊

崩れ落ちる。

横が縦になり、水平が垂直になる。

それはもう、揺れているなどというものではない。

ずたずたになっている。

動かないはずのものが動き、跳ね回り、あげくにひっくり返り、地面が割れてすべてが奈落の底に転がり落ちていく。

震源地は多重構造になっている鍾乳洞の中であり——その上に乗っていた工場を含む、地面のことごとくが、さながらトランプタワーがぱたぱたと倒れるときのように崩壊した。

激震は、時間にすればほんの十秒にも満たなかっただろうが——効果は充分にして、過剰だった。

そこはもう、見る影もなく、跡形もなくなっていた。

＊

「…………」

天井が崩れ、なかば埋もれてしまった空間の一画で、ブギーポップは片手に一本の植物を手にしている。

根本からむしり取って、地面から引き剝がしたのだった。それと同時に振動は停止したが、しかしその周囲には死体が無数に転がり、そして——残っていたはずの他の植木鉢のうち、三つが消えてしまっていた。

あの、地面に植物を押しつけた男と一緒に。ヤツはここに入ってくるときから既に、戻るためのルートを確認していたらしい。どんなに揺れていても駆け抜けられるルートを——。

もう照明はすべて切れてしまっている。

闇の中でブギーポップは立ち上がる。だが、周りはどこを向いても闇ばかりで、入り口も出口もありそうには見えなかった。

「………」

完全に封じ込められた——としか見えなかった。

＊

「——おさまった、か？」

工場に向かっている途中で、激しい揺れを感じたリセットこと雨宮世津子は乗っていた車のアクセルを再び踏んだが、きゃりきゃり、という音がするだけでエンジンが掛からない。二、三度強く下から突き上げられたので、どこか回線が切れてしまったらしい。

「ちっ」

軽く舌打ちすると、彼女は外に出た。

(まさかロック・ボトムが発動するとは……しかし、予想よりも規模が小さいな。ここが岩盤の多い土地で、根がいまいち伸びなかったのかな?)

彼女は周囲を見回した。

震度は相当なものだったようだが、震源地から離れれば離れるほど効果がなくなっている。工場から三百メートルほど離れた彼女の所で、既に威力が半分以下になっていることからして、市街地付近ではやや強めの地震が観測された程度だろう。しかし——地震はどこで起きても、すぐさま計測され、分析される。事はもう、公に半分なりかけていると見なさなくてはならないだろう。

(やれやれ——それなりの処置が必要になってきたな)

彼女も、ロック・ボトムの原理はよく知らない。植物にも動物と同じような〝精神〟に類するものがあって、そのテレパシー能力だかなんだかが大地の意志である地脈と接触すると、共感現象を起こしてなんとかかんとか——らしいが、彼女のポリシーは〝理解できないことはあきらめて、そのまま受け入れる〟というものであったから、地震を手軽に生み出すことができる装置があるというくらいの認識で、あとは考えない。近づくと危険なんじゃないか、とかそういう怖れは抱かないのだ。

この確かな割り切りと高い戦闘能力こそが、彼女に〝取り消し《リセット》〟の名を与える理由なのだ。

「────」

彼女は工場のあった場所に向かって音もなく駆けだしていく。

そこは、文字通りに底が抜けた巨大な穴がぽっかりと口を開けていた。地下にあった鍾乳洞の層が崩れ落ち、それまで地下であったところが剝き出しになり、永遠に日の光が射さないはずだった闇がおおっぴらになっていた。

2.

「………」

見上げると天井がなく、空が広がっていた。その天井は横にある。半分地面に埋もれてしまっていて、今や壁になってしまっている。ぶら下げ式の蛍光灯の照明が、へにゃっ、と上の方に折れ曲がっている。地震の際にそっちにひん曲がってしまったのだろう。

周囲には、まともな形で残っているモノは何もない。

「………」

空を見上げながら、濱田聖子は口をぽかーん、と開けていた。

彼女は──あれだけのものすごい地震の中で、しかし傷ひとつなく、ただ腰を抜かしているだけだった。

いや、ごろごろと転がったはずである。すぐ横に重そうな機械がどすんと倒れ込んできたはずである。床は抜けて天井は落ちてきたはずである。

なのに、無傷だった。

「………」

ほとんど奇跡的な出来事といってもいい。悪運もここまで来ると気味が悪いくらいである。しかしその中で彼女が思っていたことは、

（……こんなところで奇蹟を使っちゃったら、この後の人生でいいことなんかなんにもないんじゃなかろうか……）

という、あんまり嬉しくない感慨だった。

その横では、同じように無傷の結城玲治が、こっちはそんな複雑な感覚などないようで、何やら地面をごそごそと探っている。

しかし周囲は地の底に通じる穴が至る所に空いているので、それが地面のなのか下の層の天井なのか、あるいは横から突き出た出っ張りなのか、土をいじっていても定かではない。

何をしてるんだろう、と思ったが、それを訊く前に彼は声を上げた。

「……あったぞ」

そして地面からずるずると、なにやらケーブルのようなものを引きずりだした。妙に白ちゃけていて、なんだかモヤシの異常に細長いモノが伸びているみたいだった。

「たぶん、こいつが〝根〟だ」

彼の言葉に、濱田ははっと我に返り、

「なに？　つまりその——ロック・ボトムの？」

結城はうなずいた。

「さっきの揺れは確かに大きかったが、しかしそれでも規模が小さい気がする。まだ他のが残っているかも知れない」

「か——考えられるわね」

濱田は額に浮いた冷や汗を手の甲で拭《ぬぐ》った。

「きっと、連中は間違って動かしちゃったんでしょうね」

「とすると、この根の先に他の、残りのロック・ボトムがあるかも知れないってことだ」

「その可能性が高そうね。辿ってみましょうよ！」

「ああ」

結城は慎重にそれを引っ張りつつ、辿っていく。

濱田もその横をついていく。

それは明らかに地下から続いていて、二人は階層の下の方へと移動し続けることになった。途中では急斜面を滑り降りるような形になる。根の長さは驚異的だった。始めてから十分ぐらいで、既に百メートルぐらいはありそうだった。

「で、でもさ——」

濱田がごくり、と唾を飲み込みながら言った。

「この根ってどんどん成長している訳じゃないわよね——もう枯れてるって感じだわ。ということはこれだけの長さになったのって、あの揺れてたときだけってことになるんじゃないの？」

「だろうな——ほんの数秒でものすごい成長速度だ。もしもずっと枯れなかったら、一体どこまで成長を続けていったんだろうか」

そして、植木鉢が残っているとしたら、それらは今、どんな状況にあるというのだろうか？

「話を聞いたときはあんま信じてなかったけど……なんかものすごく、今、迫力感じて正直ビビッてるんだけど、あたし？」

「ああ、確かに恐ろしいな——」

と結城はうなずきかけて、そこで眉を寄せて彼女の方を振り向いた。

「なんだって？」

「だから、ビビってるって素直に告白」

「そうじゃなくて——」

結城はひどく動揺しながら問いただす。

「ロック・ボトムのこと信じてなかったのか？　あんなに〝あたしたちってヒーロー〟だとかなんとか言ってた癖に？」

訊かれて、濱田は眼をぱちぱちとしばたいた。

「だって——そりゃあ、そうでしょ普通？　大地震を起こす謎の機械とか言われても、そんなもの突拍子もなくて、理解なんかできないわよ」

あっけらかんと言うが、しかし結城にしてみればその言葉の方こそ理解できないらしく、

「じ、じゃあ——じゃあなんであんたは、スリムのいうことを聞いて、犯罪者なんかをやっていたんだ？　ロック・ボトムの件で警察と取り引きするためにやっていたんだぜ？　それを信じていなかったって……じ、じゃあ……いったいどうするつもりだったんだ？」

と、ひどく愕然《がくぜん》とした調子で言った。信じられない、というような顔をしている。

「どう、って……だって」

そして濱田は、結城が何を不思議がっているのかわからない。

「あんときは、それ以外に方法なさそうだったし」

「…………」

結城は何と言って質問すればいいのかわからなくなったようで、押し黙ってしまった。

しばらく、二人はそのまま根が伸びていく方向に進んだ。

「…………」

「…………」

妙に間延びした、気まずい雰囲気が漂っていた。

「……ねえ」

濱田がとうとう口を開いた。

「あのさ、さっきのアレって――どういう意味だと思う？」

この唐突な問いかけに、結城もすぐに答えた。彼も気になっていたらしい。

「――スリムの通信か？」

「最後とかなんとか言ってたけど――訳わかんないことばっかりで。意味わかった？」

「………………」

結城は少し顔を曇らせた。

あの通信は、結局終わりまで見ることはできなかった。途中で地震が襲ってきて、コンピュータも壊れ、中に入っていたであろうデータも一緒に、おそらくは永遠に消えてしまった。それでも終わり間際に、あの包帯イタチは奇妙なことを言っていた――

（〝死神〟って――なんのことだ？）

その単語が確かに出てきていた、と思う。

「なんか変なこと言ってたわよねえ。君らの悪運に、なんとかかんとかって。そこでぶつん、と切れちゃったのよね。何が言いたかったのかしら？」

濱田はとりあえず、今の結城との気まずい空気をなんとかしたくて適当なことを言う。

「あたしたちに任せる、ってことかしら？　これって信頼されてるってことかもね。ねえ、そう思わない？」

結城は眉を寄せて、厳しい表情である。もしかするとスリムはもう死んでるのかも知れない
「……だといいがな。もう敵にやられていて、それであんな遺言めいたことを言ったんじゃないか、って気がする」

「い？　――ど、どうして？」

ぼそぼそと言った。声が、苛立ちにささくれ立っている。

「な、なによそれ？　どうしてそういうことを言うのよ？」

濱田は狼狽しながら彼に詰め寄る。

「そりゃあ、あんなイタチのアニメで、変なヤツだけど、でも結構あれで優しいトコあるじゃないのよ？」

「そういうことを言ってるんじゃねーよ。俺はただ――」

二人が言い争いに発展しそうになった、そのときだった。

からっ、という軽い音が彼らから少し離れた場所から聞こえた。瓦礫《がれき》が崩れる音だった。

二人はその方向を向いた。

そこには、それまでは埋もれていた穴が露出していた。瓦礫が向こう側から押し出されて、それで道が開けていたのだ。

そこには一人の男が立っていた。

それほど印象的な人物ではなかった。

だが変に特徴というか、記号的な個性がある男だった。硬質で、知性的で、人よりも一段上の立場に立ってどこか他を見おろしているようなそのイメージは——博士《ドクター》という雰囲気があった。

そいつも二人の方に眼を向けて、こっちに気が付いたようだ。

そいつの姿を見て、濱田も結城も一瞬凍りついた——そいつ自身にではない。そいつが手にしている、三つの植木鉢を見たからだった。

（こ——こいつが?!）

今の大地震を引き起こしたのか——と濱田が心の中で認識し終わるよりも一瞬早く、そいつ——アフターマスのドクターは手にしていたサブマシンガンを彼女めがけて発砲してきた。

濱田はとっさに動けず、反応できなかった。

だが結城が彼女の身体を突き飛ばしていた。銃弾はその結城の肩をかすめた。

「——わっ！」

濱田は傾斜している地面を滑っていく。

ドクターはさらに撃とうとしたが、しかしさっき発砲したばかりだったので弾はすぐに切れてしまった。

「ちっ」とドクターは弾丸を換装しようとしたが、その間に結城が跳びかかってきた。

「――ンの野郎っ！」

叫びながら、彼は敵に掴みかかった。

力任せに、相手を殴りつける。銃で両手が塞がっていたドクターはカードにできずに頭部に一撃を喰らって倒れた。

結城はその上に馬乗りになる。ためらいのない動きだ。一瞬も停まらないのでドクターの方が反応できない。

「――ざけんじゃねえよこのっ！」

結城は叫びながら、何度も何度も何度も何度もドクターを殴りつけた。

「こ、このっ！　……このこのこのこのこのこのこのこのこのこのこのこの……！」

訳のわからない奇声を上げて、まるでドラムを激しく鳴らしているような状態で拳を振り下ろす。

ひどく凶暴な気分になっていた。肩に負傷して痛いはずなのに、その感覚が遠い。

俺はこんなに凶暴な人間だったのか、と心のどこかで呆れている自分がいる。

発作的に怒りというか、無茶苦茶なことをしたがる欲望がどこかに必ずある。それは彼をこんな状況に追い込んだ本人であるし、そして――さっきの濱田聖子との会話で、彼は自分はなんなのだと痛感していたのだ。ロック・ボトムの話を、彼は完全に信じていた。常識で考えればそんな馬鹿な話はないのに、彼は鵜呑《うの》みにしていた――信じていたのではなく、信じたかったのだ。信じていれば、なんの反省もなくヤバイことができるから——そう、その方が楽だったのだ。

スリム・シェイプに責任を押しつけて、自分はなんの動機もなく、ただ犯罪行為にいそしんでいればいい——それは、彼にとって確かに、ある種の快楽であり、堕落だったのだ。

そのことを悟って——彼は今、かっ、となっていたのだった。

もう、彼には自分の凶暴な面を正当化してくれるスリム・シェイプはいない——この先の暴力は、彼の暴力に他ならないのだ。

「——このこのこのこのこのこのこのこのこのこの——」

敵を殴りつけている、この行動には正義があるのか？

これは世界を救うためにやっているのか？

俺は、ただ、自分の中の苛立ちを誰かにぶつけたいだけなんじゃないのか？

では——では俺は、結局は……ホーリィの前の彼氏たちのように、結局は女を殴るしか能のない男たちと同じなんじゃあないのか……？

「——この、このこのこの、こ——」

彼がさらに敵を殴り続けようとした途中で、その拳が、がしっ、と掴まれた。

彼の下にいる、ドクターが握り返していた。

「………」

ドクターは冷たい眼で、自分にまたがっている結城を見つめていた。

眼が、合う。

「———」

結城が一瞬ひるんだその瞬間、あっというまに彼の優勢は崩された。ドクターが身を捻らせて、結城の身体を弾き飛ばしたのだ。

結城の拳は全然効いていなかった——所詮は素人の高校生と、プロの傭兵では暴力に対しての耐性が根本的に違う。

今や倒れているのは結城で、立っているのは相手だった。

ドクターは腰に下げていた予備の拳銃を引き抜いて、そして彼ではなく——向こうに倒れたままの濱田聖子の方に先に狙いをつけた。それまで自分が確認していなかった相手の方をまず狙うというのは不意打ちを避けるためのプロのやり方だ。

それを見て、結城は——自分でも訳のわからない感覚に襲われて、反射的にまたしても、濱田の言うところの〝ムチャクチャな〟行動に出る。

「……っ！」

彼は目の前に落ちていた植木鉢のひとつを鷲掴《わしづか》みにし、その合金と植物を引き剥がした——

ロック・ボトムを地面に触れさせたのだ。

ふたたび、周囲には凄まじい激震が湧き起こった。

3.

……遠くから声が聞こえる。

なんの声だろう、自分はその声を知っていると思った。

妙に甲高く、吹き替えみたいな大仰な声だ。

『YAH少年少女たち！ 元気に犯罪に励んでいるかな？』

その声を自分は好きなのか嫌いなのか、それはどうもはっきりしなかった。

『ああ——いやいや。残念だが、こいつはもうリアルタイムじゃない。録画だ』

話それ自体は、前に聞いたものだ——それも、ついさっきのことだ。それがもう一度、頭の中で回想されている——

『こいつは、既に盗聴されている可能性もあるから、細かいことは言えない。だがここで——』

声には大仰《おおぎょう》な身振り手振りが付いていたはずだった。それは包帯を全身に巻いたイタチのイメージだった。

『君たちに最後の忠告をするとしよう！　それは——』

イタチは両手を大きく広げて、そして叫ぶのだ。

『——死神をうまく使うことだ。それが事態を切り開く鍵になる！』

回想の中でも、その意味はさっぱりわからないままだ。だがイタチはそんなことにはお構いなしに、さらに続ける。

『意味がわからないって？　だろうねえ、でも説明してはやらないよ。こいつはボクの最後の意地悪だ。なにしろスリム・シェイプは世紀の大悪党なんだからね！』

そうだ、こいつはそういう名前だったんだ、と思った。

それは保護者の名だ。犯罪者を庇護してくれる安心の別名だ。しかしそいつは今や、訳のわからないことしか言ってくれない。あまつさえ、そいつは最後に付け足した。

『それと——最後にもうひとつ言っておこう。いや実際——君たちに会えてよかったよ、ホーリィ＆ゴースト』

微笑みながら、そいつは包帯を解いていく。

その下には——何もなかった。

空っぽだったのだ。その空白が最後に口を利いた。

『まがい物じみたボクの人生の中でも、君たちとの共同作業はとびきり愉快だった。それではさらばだ。君たちの悪運の強さに期待する！』

最後に残った眼だけがウインクして、そしてスリム・シェイプは永遠に消えてしまった。

それがすべてだった。

そいつが本当に実在していたのかどうかも、今となってはわからない。

わかっていることはただひとつ——もうそいつは彼に命令してはくれないということだった。

彼は、自分自身で何かをしなければならないのだ。

それは――

＊

（それは、まず――この植物を引っこ抜かなければ……！）

結城玲治は、一瞬だけ自分の意識が遠くなっていたのを自覚したが、そんなことには構っていられなかった。彼は自らが発動させたロック・ボトムを必死で解除した。

しかし一瞬であっても、大地震は周囲に激しい変動を生んでいる。彼の倒れていた地面は崩れ落ちて、そばに立っていたドクターもろともさらなる下層に墜落していった。

「ぐっ、ぐぐぐぐ……！」

滑り落ちていく感覚の中で、彼は他の植木鉢を必死で抱え込んでいた。

墜落は五秒ほどで終わった。

全身に痛みを感じつつ、彼はふいに、自分の頬をなぶる風を感じて顔を上げた。

すぐ横には、大きく広がる空があった。

「…………」

茫然と下を見ると、そこは切り立った崖《がけ》になっていて、波が打ちつけてきていた。どうやら鍾乳洞を通り過ぎて、沿岸地帯の端まで来てしまったらしい。崖っぷちの横穴から、半分はみ出しているような体勢になっていたのだ。立ち上がるが、全身に激しい痛みが走った。足首をひねっていたらしく、まともに歩けない。立っているのがやっとという感じだ。肋骨《ろっこつ》も何本か折れているようで、身体がまともに動かせない。

立ち上がっただけのそこは、あと一歩外に踏み出せば、落ちる——そういう位置にいた。

「………」

彼は少しの間茫然としていたが、しかし我に返って、手にしていたロック・ボトムの植物を、その弱点である海水の中に放り込んだ。腕を動かしたらまた痛みが生じ、思わず顔をしかめる。だがなんとかこらえて、足元に落ちている残る二つの植木鉢も、そのひとつを取り上げて海面に落とそうとする。そこに、

「——やめろ！」

という怒声が響いた。

顔を向けるまでもなかった。

瓦礫の下から這い出してきたドクターが、そこに立っていた。結城との距離はだいたい二十メートルといったところだ。近づいてこようとしたので、結城は植木鉢を海の上に持っていって、

「動くな。落とすぞ」

と脅した。ドクターは顔を歪めるが、しかたなく停まる。

「君には、それの価値がわかっているのか？」

ドクターは掠れ声で話しかけてきた。

「そいつは、置く場所にさえ気を使えば、世界を破壊することもできるものなんだぞ」

「だったら、なおさらヤバイんじゃねーか」

「——はっ」

ドクターの顔にひきつるような笑みが浮かんだ。

「ははっ、はははは、はははははははは！」

大笑いを始めた。

それはなんの後ろ暗いところもない、開けっぴろげな哄笑《こうしょう》だった。

「……何がおかしい？」

「君は本気で言っているのかな？　ヤバイことは、君にとって避けるようなことなのかね？」

冷ややかな、こちらの心の奥底まで見通してくるような眼でドクターは結城玲治を見据えている。

「………」

「君は誰だ？　ホーリィ&ゴーストか？　それは偽りの名だ。スリム・シェイプという悪党がカモフラージュの材料として作った見せかけに過ぎない。君は、どうしてそんなものに自ら乗っていったと言うんだね？」

「………」

「私にはわかっている。さっき君が私のことをさんざん殴りつけてきた、あのときの感触から〝分析〟できている。君は、そう——この私と同じタイプの人間だ」

ドクターはひたひたと迫るように語りかけてくる。

「君は、もっともらしい世界に退屈しきっている——同じことをそのまま繰り返してばかりの、愚かで停滞した人生に対して白けているようで、実は心の底では激しい憎悪を抱えているんだろう？　だから刺激が欲しくて、こんな場所にまでやってくることになったんだ」

「………」

結城の目の前のこの男は——確かにある種の特殊能力を持っているようだった。他のものの意志を直感的に、ある程度なら感じられるというような能力だ。それ故にこいつはロック・ボトムの目的も悟ったし、今、結城の自分でもついさっき気づいたようなことまで見抜いている。

「君は刺激を得たろう。それで——どう思ったかね？」

ドクターが質問してきたが、結城は無言のままだ。かまわず相手は言葉を続ける。

「犯罪を実際に行ってみて、どう思った？　それは君が求めていた刺激だったかね？　つまらない、そのままな日常を突破してその先にあるものだったか？」

「………」

結城は黙っている。しかしこの状況下では、沈黙は肯定と同じだ。

「君がこの世界に何を求めようと、そんなものはないと私からだと断言できる……生死の境をさまよう極限状況のはずの戦場にすら、そんなものはないことは私が身を以て確認した。いや、むしろそういう危険と思われている環境であればあるほど、そこにはただの、凡庸《ぼんよう》なるリアリズムがあるだけなのだよ。病気にならないように薬を飲むし、寝汗で風邪を引かないようにタオルを掛けて寝ることを忘れないようにする——さもなくば死ぬ。凡庸か死か。選択肢が二つになるだけだ」

この男の、これはおそらくは率直なる告白だろう。傭兵になったのは刺激を求めるため——それだけ聞けばひどく凡庸な、しかしこの男からすれば、それは恐るべき意味を持つ話だった。退屈を紛らすためなら人を殺してもなんとも思わない、ということを今、こいつは言っていた。

「世界のどこだって同じだ。そう——我々のような賢い人間にとっての救いなどどこにもないのだ。君ならばそれがわかるはずだ。そして——君も私も、ただそのような理不尽な環境に甘んじる人間ではないはずだ」

にやり、とドクターは笑う。

「復讐してやろうじゃないか。ただ自殺するだけでは、我々は負けたことにしかならないだろう。それでいいのかね？　君はこのままだと、警察に捕まり、いわれのない罪を被せられ、愚劣な裁判という名のリンチを受け、そして刑務所から出てきたときには凡庸の最下層に位置するしかない人間になるだけなんだぞ。それでもいいのか？」

「…………」

結城の顔には表情がない。

「ああ——君だって考えたことがあるはず」

ドクターはそんな無表情の結城に、自信たっぷりに続ける。

「こんな世の中は気に食わない、いっそ世界など滅びてしまえばいい、と——そして、今、君の手の中にはそのための引き金がある」

「…………」

「もう悩むことなど何もないではないか。君は、心の奥底では未来の可能性など信じてはいないはずだ。世界はこの先もずっと、ただの肌寒いぬるま湯のままだということを、君は知っている——」

「…………」

「私が憎いだろう？」

ドクターは一歩、足を前に出してきた。

「そうだ、その感情を否定することはないんだ。私もろとも世界を破壊してしまえばいいだけのことだ。君にはそれができる！」

高らかに、歌い上げるように言った。それはほとんど勝利宣言だった。

「………」

結城は、その力のない表情は、この声を聞いて、ひょい、と眉の片方が上がった。

「ああ――なるほど」

ぼそり、と呟いた。

「やっとわかった――どうして、男たちが彼女を殴っていたのか」

このちぐはぐな反応に、ドクターの眉が寄る。

「？　……なんのことだ？」

「なんつーか……最初は単純に、外で気に食わないことがあって、それで彼女のトロイところが癇《かん》に触っていたのかとか思っていたんだが――どうしてどうして、一緒に仕事をしてみて、あんなに思い切りのいい女はいないってわかった。じゃあ、なんで男は彼女を殴っていたのか？」

「何を言っている？　なんの話だ？」

ドクターの顔には理解不能から来る苛立ちが浮かぶ。結城は構わず、

「それは――怖かったからだ」

うんうん、と自分で自分の言葉にうなずく。

「最初は、ただのおつきあいだ――出会って、それなりに盛り上がって、恋愛的テンションも上がっているだろう。だが、ある程度つきあえば、彼女のことに嫌でも気がつく――あの決断

力にな。とんでもないことを、平然とやってしまう。しかもそれが正しいと来ている――それを知ったときに、男は怖くなるんだ。自分には正しくない部分も多いというのに、そのことを彼女が知ったらどうなるだろうって、な――あ、その通り。俺は今、あいつがおっかないと思う。――だから」

結城はため息を付いて、そして――いともあっさりと、手にしていたロック・ボトムのうちのひとつを海に落としてしまった。

「――?!」

ドクターの眼が驚愕に見開かれる。

「な、なにをする?!」

「確かにあんたの言うことは、俺としては否定できないよ。だがな――」

結城は苦笑してみせる。

「そいつはホーリィ＆ゴーストの、片割れの意見でしかないんだよ。もう片方はきっと、そんな話を聞かされたら頭から湯気立てて怒るに違いない――だから、だよ」

へへっ、と彼が弱々しく笑うのと、ドクターがダッシュを駆けて突撃してきたのは同時だった。

残るロック・ボトムはひとつ――だが結城の痛みで自由の利かない身体では、それを放り投げるには時間が掛かる。その間にドクターが奪い取ってしまうことは充分可能だ。そのはずだった。

だが——そこで、聞こえた。

口笛が。

——がくん、

と、ドクターの突進しかけていた身体が、まるでビデオの一時停止のように硬直した。眼に見えない糸がいきなり全身をがんじがらめにしたかのように、ぎりりっ、と軋む。

「——助言、感謝するぜ。スリム・シェイプよ」

結城は静かに、動けない、自分に何が起きたのか信じられないドクターを前にして、囁いた。

「言われてなきゃあ、信じられなかったろうな。確かに使わせてもらったよ——〝死神〟を」

その眼が、ドクターから離れて、その背後を見ていた。

そこにはひとつの影が立っていた。

一度は閉じこめられた場所が、再び起きた地震のために解放されて、ここまでやってきていた。

口笛が鳴っている。その曲はニュルンベルクのマイスタージンガーという、この場に似合わぬ妙に派手な曲だ。歌劇の幕を開ける晴れやかなる前奏曲だ。

しかし、それはここでは幕を下ろすための葬送曲なのだった。

「……………！」

必死で、ドクターが後ろを振り向こうとした。だが固定されて、動かない——と、その身体が急に回転した。

上半身は左に、下半身は右に、そして頭部は縦に——それぞれがバラバラになって、くるくるるっ、と回った。

切り口は、とてもなめらかだった——そして繋ぎ目の切れた操り人形のように、その一瞬前まで生命だった残骸は瓦礫の上にど、さ、ど、さ、っ、と落ちた。

「良かったじゃねーか……おまえの世界は、これで終わったぜ」

結城は、その首を見ながら呟いた。

そして顔を上げる。

地面から伸びている、筒のような形をした影がそこにはいた。

ブギーポップが立っていた。

「いや、お見事——」

男だか女だかよくわからない死神は、彼に向かって話しかけてきた。

「君の狙い通りに、ぼくはうまく使われたかな？」

「へっ——」

結城は弱々しく鼻を鳴らした。

「まさか実在しているとはな——ロマンの産物なんじゃなかったのか？」

「ぼくのことを信じないような人間の前にこそ、ぼくは現れるのさ」

ブギーポップは馬鹿にしているような、敬意を払っているような、どちらともつかない左右非対称の奇妙な表情を浮かべた。

「しかし〝ホーリィ&ゴースト〟——君たちもぼくに負けず劣らず奇妙なバランスだねえ。どう考えても、お互いに考えていることは全然違うんじゃないのかい。それでよくぞ、ここまでうまくいったものだ」

「アンバランスだからこそ、倒れないように努力できるんだろうよ。きっと——世界ってのも、そうやって成り立っているんだと、今では思う」

そう——〝そのまま〟でいることの方が、あるいはブチ壊して回ることよりも難しいのかも知れないな、と結城は思った。

「悟った、というわけかい？」

ブギーポップは下から迫るような眼で結城を見つめている。

「ぎりぎりでな——さっき俺が、あの医者みたいなヤツの言葉にちょっとでも悩んでいたとしたら、きっと——あんたは俺も殺していたんじゃないのか？」

静かに訊いた。これに死神はいともあっさりと、

「そうだね。その通りだ」

と答えた。

結城は苦笑した。息を吸い込むときに傷ついた肋骨が痛んで、

「つっ――」

と前屈《かが》みになり、そして顔を上げたときにはもう、目の前に黒い影はなかった。霧のように消えていた。

「へへっ……へへ、へ――」

結城の身体が、張りつめていた緊張が溶けたせいで、ずるずると崩れ落ちた。

4.

「――ったくもう！　なんなのよう、これは！」

濱田聖子は反べソで、地震で剝き出しになった穴を下っていく。

あの医者みたいなヤツが撃ってきて、でもゴーストが自分を突き飛ばしてくれたから無傷ですんで、しかしその後の地震とかで彼のことを完全に見失ってしまって――。

「どうしてなのよう、なんだってあの馬鹿は、ほんとにぃ――」

鼻をぐすぐす鳴らしながら、とぼとぼと、しかし焦ったような早足で彼女はゴーストが滑り

落ちていった方向に向かう。

途中でいくつもの分岐点があり、どっちに行っていいのかわからなくなった。

「なんだっていうのよう、どうしろっていうのよう」

泣き声がさらにひどくなりかけたが、彼女は足を停めずにひとつの道を選んで進んだ。そっちの方から波の音が聞こえてきていたからだ。あの馬鹿はきっと、例のモノの弱点である海水に近づいているはずだと思ったのだ。

そして穴が途切れて、向こうに空が広がっているところまで来たとき、彼女はあっ、と声なき声を上げた。

結城玲治がそこに倒れていたからだ。側には鉢の付いたままのロック・ボトムも一個、無造作に落ちている。

あわててそこに駆け寄った。彼を抱き上げるが、ちゃんと息をしていた。

「うう……」

うめき声にも、それなりに力があるような気がする。全身が傷だらけになっているが、生命に別状はなさそうだ。

「こ、この——まったく、あんたはぁ——」

何か言ってやりたいが、しかしうまく言葉にならない。それに相手も眼を醒まさないし。眠っているなら起こしたくない気もする。彼女は喋るのをあきらめて、吐息をついた。

「──でも、よかった」

ぽつりと言い、そして視線をロック・ボトムに移す。

植物は埃にまみれていたが、まだ青々としていて元気そうだった。

これが世界に恐るべき危機を生む源だとは、その現場を目撃した今となっても濱田にはどうも信じられない。

植木鉢を手にとって、目の前にかざす。

「ただの草にしか、見えないんだけどね──でもあんたは、今の世の中にとっては、あっちゃいけない生き物なんだね」

彼女は植物に話しかけた。

「でも、もしかするとあんたって、世界中の地面を耕して、新しい色んな草や花を咲かせるための前準備をするために、そういう理由でこの世に生まれてきたのかも知れないわね。それは残念だけど、あたしたちの生活には困ることなんだけど──でも、きっと綺麗だろうね、そうなったらさ──悪い人間なんか一人もいなくて、見渡す限り一面のお花畑で、チョウチョとかがひらひらしててさ──そういう世界もありうるかも知れないよね。……でも」

彼女は植木鉢を、その未来にあるひとつの世界を、思いっきり海の向こうへと放り投げた。

「でも、こっちがあたしの世界なのよね」

ロック・ボトムは遠くに落ち、そしてそれでもはっきりと茎や葉が海水に触れた途端にぐずぐずに溶けて、そして消えていくのがわかった。

キラキラ光る合金製の鉢だけが、海の底へと落ちていき、すぐに見えなくなる。

これで、仕事は終わったのだ。

「……さて、と」

濱田は寝ている結城をよいしょ、と背負い上げた。

「うわ、男って重い」

ぼやきつつ、彼女は結城を担いで、元来た道を戻っていく。その足元にはドクターの残骸が転がっていたが、彼女はそれに気づくこともなかった。

「あのさあ、ゴースト――」

彼女は彼がまだ気絶したままなのを知りつつ、話しかけた。

「あたしさあ、あんまり頭良くないけどさ、それでも色々と考えたのよね」

えっちらおっちら、彼女は喋りながらも足を停めない。

「あんたはどーか知んないけどさ、男って、とにかくあたしを殴るでしょう？　でさ、あんたに殴られたとしたら、あたしはどーすんのかな、って、そんなどーでもいいことをあれこれ悩んでいたんだけど――」

彼女はちら、と彼の方を見た。まだ起きていないのを確認すると、彼女はかすかに笑って、

「そうね、もしもあんたに殴られたら――あたし、殴り返してやると思う。ええ、きっとそう

するわ。思いっきりやってやるからね。やられっぱなしじゃあ、いないわよ——憎たらしいもんね、あんたのことは誰よりも、さ——」

彼女はくすくす笑っている。

息をぜいぜい切らして結城を運びながら、それでも嬉しそうに微笑んでいる。

そして、ふたたび二人が地面の上に出てきたところで、その笑いがすうっ、と消えた。

彼らの前に、ひとつの人影が立っている。

眼鏡をかけて、こざっぱりとした上品なスーツを着て、そして——手には拳銃を持って、濱田にぴたりと向けていた。

「ご苦労様だったわね——ホーリィ&ゴースト」

甘い声で囁く。

雨宮世津子こと〝リセット〟が、そこに待ち構えていたのだった。

【第七犯例】

偽証

法律により宣誓した証人が虚偽の陳述をしたときには、三月以上十年以下の懲役に処する。

〈刑法第一六九条〉

1.

リセットは既に、ロック・ボトムの最後のひとつが海の中に消えるのを確認している。仕事そのものはもう、事実上終わっている。後は——事後処理というヤツが残っているだけだ。

「さてと——世界の裏で何が起こっているのか、知りたいかしら？」

リセットは濱田聖子に質問した。

「……………」

結城を背負ったままの濱田は答えない。

逃げようともしないで、リセットを睨み返してくる。

「たとえば、よ——」

リセットは優雅な口調で喋りだした。

「たとえば、ここにキツネとウサギがいたとする——ウサギはキツネに食べられたくなくて、必死で逃げるけど、キツネの方が足も速いしスタミナもある。さあどうしよう？　どうすればいいと思う？　ウサギに助かる道はあるのかしら？　ん？」

リセットはからむように、濱田に質問を重ねた。

「……………」

濱田は答えない。

「逃げられないウサギはどうしたらいいのか――実は、これは問題の立て方から間違っている。要するに、追いかけっこが始まった時点でウサギの死は確定しているのだから、追いかけられないように、キツネが走り出す前に逃げていなければならないわけよ」

喋りながらリセットは探りを入れていた。この少女たちが、スリム・シェイプの使いっ走りに過ぎないことはわかっている。大したことは知らないの確かだ。問題なのは、この二人がこれからどうするのかということにあった。

「つまりウサギが助かる道は、キツネが自分を追いかけようという気になる位置には入らない――それがウサギの生きる道。ね？　で――あなたたち二人はキツネかしら。それともウサギの方かしら？」

どうでもいい例え話をしながら、リセットは濱田聖子の眼を観察している。

「…………」

少女はリセットから眼を逸らさない。

その向けられている銃口ではなく、リセットの眼に焦点を合わせて、一度も揺れない。

「…………」

「ウサギだとしたら――あなたたちは少しキツネの領域に近づきすぎたようね。もう、ここまで来たら逃げても無駄――この領域に足を踏み入れた時点で死は確定している」

リセットは芝居がかった調子で、少女に恫喝《どうかつ》をさらに加えた。

その途中で、少女は口を挟んできた。

「あんたは——そのオオカミなの？　それとも……」

「ん？」

リセットは彼女の問いかけに、話しかけるのを中断して少女を見つめ返し、問い返す。

「それとも——なに？」

「………」

しかし、少女はそれ以上は何も言わず、また押し黙る。

「——」

リセットもそれ以上は言葉を重ねず、少女に銃口を向けたまま、しばし動かなくなる。

（やれやれ——）

リセットにはもうわかっている——このホーリィという少女は、決して彼女に背を向けて逃げようとはしないだろう。

何故なら背中に相棒のゴーストを背負っているからだ。自分がその背中を向ければ、気絶している彼はリセットの方にまともにさらされることになる。

（大したタマね——さて、どうするか）

彼女が心の中で呟いたそのとき、そのスーツの胸元で振動が生じた。

携帯電話そっくりの、ただし特別な通信を受けるために作られた特殊な機械が着信を告げたのだ。

「——はい。こちら〝R〟」

リセットは銃を濱田聖子に向けたまま、平然とその通話に出た。

「はい。既に完了しています。事後処理が多少残っていますが——はい？」

彼女の眉がやや寄る。通話の内容が意外なものだったらしい。

「ピート・ビートが——ですか？　こちらの方は？　——はい。了解。直ちに」

彼女は小声で言っていたので、その言葉は濱田の方には届かなかった。

「——やれやれ」

リセットは通信装置を懐に戻すと、改めて濱田の方を見た。

「君たち——どうやらキツネでもウサギでもないらしいわね」

「……？」

濱田は、その相手の顔に急に現れた柔らかさを見て訝《いぶか》しんだ。

リセットは薄い笑いを浮かべている。

「強いて言うならタヌキだわ。タヌキ寝入りして敵をやり過ごす、その悪運の強さだけで世の中渡っていくようなふてぶてしい生き方は、ね——」

リセットがため息をつくと、濱田ははじめて表情が変化した。ぎょっ、とした顔になった。

確かに持っていたはずの、リセットの手の中にあった拳銃がいつのまにか、どこにもなくなっていた。

（いつ――しまったの？　眼は、一瞬たりとて逸らさなかったのに――）

リセットは薄笑いを浮かべたままだ。

「後は任せるわ。ミス・ホーリィ――何をすればいいのか、きっとあなたなら見当は付くわよね？」

囁くように言うと、彼女はいともいともあっさりと濱田に背を向けてしまった。

「あ？」

茫然としている濱田を無視して、リセットは足早にその場から去っていった。数秒で視界から消える。

「…………」

濱田がぼんやりしながら突っ立っていると、そこに、

「――おい、大丈夫か?!」

という慌てた声が掛けられた。振り向くと、ジェスとタルの二人が崩れた瓦礫の山からこっちに滑り降りてくるところだった。

「――ハイ」

濱田は結城を背負ったまま二人に手を振ってみせた。

「ロック・ボトムは？」

訊いてきたジェスに、濱田はうなずいた。

「終わったわ。敵も、たぶん全滅したみたい」

二人組の顔にも、ほっとした表情が浮かぶ。

「仕事は完了したな。それじゃあ、後はどうするかだが——」

とタルが言いかけたところで、彼らの背後からまた声がかけられる。

「逃げるのが先だろう？　警察がすぐに来るぜ」

それは男言葉だが、女の声だった。

倒れた機械の陰から姿を見せたのは、革のつなぎを着込んだ霧間凪である。

「——?!」

濱田は驚くが、タルとジェスは「おっ」と明るい声を上げる。

「炎の魔女じゃないか。ボスから俺たちの救出を頼まれたのか？」

「まあね、そんなトコ」

凪は軽くうなずく。彼らは既に、前にも同じように事件で出くわしていたことがあったのだ。

「ボスはどうなったんだ？　あんたなら知っているんじゃないのか？」

「そういう話は後でしょう。向こうの岸にボートを泊めてある。陸からだと警察の警戒網に引っかかるぞ」

「では世話になるか——」

タルが、濱田の背から気絶した結城をひょい、と持ち上げて代わりに背負う。

「………」

濱田は眼をぱちぱちとさせていたが、やがて、はっと我に返ったように、

「警察——」

と呟いた。

「ホーリィ&ゴーストを追いかけている、警察——」

「おい、早くしろ」

凪が、その場に立ちすくんでいる濱田に声をかけてきた。タルとジェスはもう、そのボートに向かって移動を始めていた。

「あたしは——」

濱田は茫然とした口調で呟きながら、視線を宙にさまよわせている。

「ああ、あんたはよくやったよ。ボーイフレンドも大した怪我じゃない」

凪は、素人の濱田が虚脱状態になっているのだと思ってその肩に優しく手を乗せて、導こうとした。

だが、その腕を濱田が急に、力を込めて握り返してきた。

「あたし——逃げないわ」

凪の眼を見つめて、濱田はまっすぐに言った。

「あ?」

凪の訝しむ視線にもかまわず、濱田は自分自身に向かってうなずく。

「そう——だって〝今〟だもん」

凪は、その彼女の気迫にちょっと押される。

「……なんだって?」

「あいつは——」

濱田は、結城玲治が運ばれていった方向に眼を向ける。

「あいつは〝そんなものはない〟って言ったけど、でもあたしはそんなこと信じない。だから、あたしは逃げることはできないのよ。そう——」

濱田聖子は彼方に向かって誇らしげに言い放った。

「〝明日〟ってえのは〝今〟のことよ、ゴースト——」

＊

「——ですから、一刻も早くこちらに応援をお願いします! 壊滅状態で何もかもが——そんな震度は観測されていないって、現にこっちでは建物は潰れているんですよ! どうみても大地震クラスですよ！」

工場に押し掛けていた警官隊は、なんとか無事なパトカーの周りに集合していた。彼らに抵抗していた工場の者たちは、さすがに警官にはかなわずに全員が既に逮捕されて、手錠につながれている。

「ですから、ここで何かが起こったのは確かなんですよ！　急いで――」

「――お、おい」

通信機に向かって怒鳴っている警官の、その肩を横にいた同僚が引いた。なんだか茫然とした調子だ。

「なんだ、今は――」

と文句を言いかけたところで、その警官も同僚と同じように茫然とした表情になる。

倒壊している工場の方から、ひとつの人影がこっちの方に向かって歩いてくるのだ。

それは少女だった。

一人きりで、まっすぐに、警官隊が待ち受ける所に向かってやって来る。

はっ、と誰かが我に返り、発作的に腰の拳銃を抜いて彼女の方に向けた。

「――動くな！　両手を頭の上に上げろ！」

その声につられたように、他の者たちも一斉に拳銃を彼女に向けた。

「…………」

少女はとぼけたような表情をして、言われた通りに両手を空に上げた。

「……こ、こんなところで何をしている?!」

質問をした警官は、しかしすぐに、自分はなんて馬鹿なことを訊いたんだと思った。決まっているではないか。そもそも自分たちはなんのためにこんな所にまで来たと思っているんだ？

「き、君は――その……」

警官たちはじりじりと少女に近づいていく。どう見ても彼女は丸腰で、完全に無防備にしか見えない。

「えーと――」

少女は手を上げながら、やや頭を振る。

「なんて言ったっけ、こういうときって――そうそう〝おまえには黙秘権がある〟とかなんとか、そういうことを言うんじゃなかったっけ？　それとも、そーゆーのは映画の話で、実際には言わないもんなのかしら」

ひょうひょうとした口調である。

「――き、君はなんだ?!」

警官たちはやけくそのように詰問してきた。

これに少女は肩をすくめて、そして答えた。

「知ってる癖に――ホーリィ&ゴーストの、その片割れよ」

そして彼女はまた歩き出す。両手は上げたままだ。妙に堂々とした態度で、スローモーションのようにも見える。

警官たちは、そんな彼女を制止することも忘れて、拳銃を向けたままぽかんとしている。

彼女は、彼らの前に立ち、そして両手を揃えて警官に向けた。

「——どうぞ」

警官は、まるで彼女に命じられたかのように、おずおずとその手に手錠を、かしゃん、と掛けた。

それは、あれほどの騒ぎになった割にはあまりにもあっけない、連続事件の終結だった。

2.

結城玲治は二日もの間眠りっぱなしだった。眼を醒ましても、彼はしばらく横になったまま動かなかった。薄目を開けたままぼんやりと、半睡状態でぐったりしていると、話し声が聞こえてきた。男が二人と、女が一人のようだ。

「それじゃあな、炎の魔女。世話になったよ」

「いいのかい」

「ん——」

「オレは、あんたたちよりもスリム・シェイプについて詳しいかも知れないぜ。あんたたちのボスがどんなヤツだったのか、知りたくはないのか」

「…………」

しばしの沈黙。だがすぐに穏やかな声で、

「――俺たちは、ボスがどんな人間だったか、もう知っているさ。イタチだったが、信じるに足る相手だと認識している。それだけで充分だ」

「そうか。――お二人さんはこれからどうするんだ」

「とりあえず故郷《くに》に帰ってみるよ。スリムのボスから色々と〝やり方〟を教わったからな。あそこも今は荒れてるが――落ち着かせることができるかも知れない」

「気を付けろよ」

「お互いにな。縁があったらまた会おう」

そして、部屋から二人分の気配が出ていくのがわかった。

(…………)

結城の眼が、ゆっくりと、完全に開いていった。ぼんやりとしていた視界がはっきりと輪郭《りんかく》を結んでいく。

「――おや、起きたか」

見慣れぬ女が彼の覚醒に気づいて、視線を向けてきた。

「まだぼーっとしてるみたいだが、身体には異常がないってさ。悪運強いね」

「………………」

「ここは――」

「安いホテルだ。アシがつく心配はほとんどないから安心しな」

その、黒い革のつなぎを着ている女は慣れた口調で言った。

「……あんたは？　今、確か――スリムを知ってるとか、言ってなかったか？」

（そして〝炎の魔女〟とか呼ばれていたが）

つなぎの彼女は眉を上げて、やや悪戯っぽい顔になり、

「ま、そーゆー感じだ」

とうなずいた。

「助けてくれたのか――あれからどうなったんだ？」

彼の最後の意識は、あの変な黒帽子が消えたところまでだ。

「………………」

彼女は結城を少し、じろじろと観察するように見つめてきた。

「な、なんだ？」

彼女はかなりの美人でもあり、目つきは鋭いし、結城としては見られるとなんだか落ち着かない。

「いや——まあ、もう意識の方も大丈夫みたいだな。なんとかごまかせそうだ」

「何をだよ？」

「あんたは南の島を一人ぶらぶらしていたら高波に呑まれて、全身をひどく打って入院していた——荷物は浚《さら》われてしまい、おまけに記憶も混濁していたので、しばらく身元がわからなかった——ということになってるから、注意しろよ」

彼女はすらすらと説明した。

「……は？」

「ああ、そうそう——身元がわからなかったので、保険証の提示がされなかったことになってる。その分の割高な医療費が請求されると思うから、親にはうまく言っておけよな」

一方的に言われるが、結城にはなかなか理解できない。

「な——何を言ってる？　なんのことだ」

「あんたは帰るんだよ、結城玲治くん。元の生活に、ね」

「——え」

「書類ももう揃えてある。学校に提出すればこれまでの無断欠席も病欠扱いになる。何もかも元通りだ。せっかくの彼女の心遣いを無駄にすることはない」

さらりと言われたので、一瞬意味が摑めなかったが、すぐに悟る。

「〝彼女〟——？　ま、まさか」

結城の動揺した表情に、炎の魔女はうなずき、そしてテレビをリモコンで付けた。

パッと映し出された画面では、アナウンサーが何やら喋っていて、そしてその周りでも似たようなカメラを担いだ連中がごった返している。警察署らしき場所にマスコミが押し寄せているところが映し出されていた。

『――ですから、この重要参考人として拘留されている未成年女子の、十八歳の容疑者が謎の犯罪グループ〝ホーリィ&ゴースト〟と如何なる関係があるのか、警察からは充分な発表がなされていません。しかしこの容疑者の容貌が一部の目撃情報に酷使しているという話もあり、事態は――』

＊

そこは取調室というには、周囲の壁がやや厳重に防音され過ぎた場所だった。しかも、取り調べをするには、目の前にいる冷たい眼をした男たちも、どう見ても警察官ではなかった。

「――君は、どこまで知らされていたのかね」

「ロック・ボトムが地震を起こす機械だってことぐらいで、後はあんまし」

濱田は淡々と答える。

そして彼女は周囲を見回して、

「これって調べてるの？　それとももう裁判に入っちゃってるわけ？　なんか映画で見た軍事裁判とかに雰囲気が似てる気イすんだけど」

と訊いたが、男たちは静かに、

「君は質問に答えていればいい」

と恫喝するだけで、答えない。

「へいへい」

濱田は肩をすくめようとしたが、背後でしめられている手錠のせいでうまくできなかった。

「スリム・シェイプと、その情報提供者は名乗っていたそうだが、それを逆探知しようとは思わなかったのか？」

「そんなこと言われてもねえ。こちとら素人だし」

「素人なのに、こんなことにどうして首を突っ込む気になったのかな」

「だって――信じてなかったしね。大地震を起こす機械なんてさ。あーゆーのが存在してるってのは、なに、あんたたちは知ってたわけ？　なに、ああいうものって裏だとみんな知ってる常識なの？」

「余計なことには興味を持たない方がいいな」

冷ややかに言われる。

「それで――君の相棒とされていた〝ゴースト〟とかいう男の話だが」

ぎろり、と睨まれた。

「………」

濱田は無表情になる。

「君の証言が本当だとすると……今はどこにいると思うね」

「見当も付かないわね」

「………」

男の一人が彼女を睨みつける。その表情からは（この小娘が）というあからさまな侮りを感じる。

しかし濱田は別に腹も立たない。

（ていうか――むしろ都合がいいしね）

濱田は内心でほくそ笑んだ。

「あらためて確認したいんだが」

鋭い語調に、濱田はやや引き締まった顔をしてみせる。

「君の行動を命令していたという、その〝ゴースト〟たちは全部で七人いたというのは確かだね？」

「入れ替わり立ち替わり、一緒には決して行動しなかったわ」

濱田はしれっとした顔で言った。

男たちはお互いの顔を見合わせて、ひそひそと何やら話している。

「連中は日本語で話していたのか？」

「いいえ。聞いたこともない、暗号みたいな言葉だったわ」

「何を話していたのかわかるか？」

「だーかーらーあ、聞いたこともないよーなのって言ってるでしょ」

頭の悪そうな濱田の演技に、ちっ、と男たちは舌打ちした。

皮肉なもんだわ——と濱田は思った。こいつらは彼女のデタラメを完全に信じている。もしも本当のこと——包帯を巻いたイタチのマンガに命令されて、自分に声掛けてきた男の子と、ちょっとした冒険をしていたんです——とか言ったら、こいつらは絶対に信用しなかっただろう。

（別に、あいつのことをかばっているわけじゃないわよ、あたしは）

彼女は心の中で呟く。

（これは嫌がらせよ——あの馬鹿は自分一人で罪を背負ってやろうとか間抜けなこと言ったからね。その当てつけよ）

彼女のそんな内心は、もちろん外見からではまるでわからない。

「——さて」

しばらく続いた単調な尋問の後で、男の一人が切り出してきた。

「君は、命令されていたとはいえ、様々な罪を犯した——窃盗やら器物損壊やら、数え上げればきりがない」

「刑務所行きってこと？　やだなあ、何年ぐらい？」

「まともに行ったら十五年だろうな。最低で」

「うわ、マジっすか？」

大袈裟に焦ってみせた。すると連中はニヤリと笑った。

「しかし——君を公式の裁判に掛けることはできない。君の証言には、一般に知られるには極めてよろしくないことが多数存在している——そこでだ」

わざとらしい咳払いの後で、本題が出てきた。

「取り引きといこうじゃないか——君の罪はすべて問わないことにしてやる。その代わり君には道化になってもらう」

「……どういうこと？」

「君は、ホーリィ&ゴーストに憧れて、あんな工場にまでノコノコ追いかけた間抜けな田舎娘ということになってもらう。本物は、あそこに散乱していた身元不明死体の中にいたことになる。その公式発表の後で、君は自分が犯人でもないのに自首したことによる罪で起訴され、すぐに執行猶予がつくだろう。君が捕まったことで、今マスコミは盛り上がっているが——それがどうでもいいニセモノの売名行為だったと知ったら大衆はたちまち幻滅し、興味をなくして去ってしまう。ついでにこの事件そのものにも、だ」

「ロック・ボトムの存在もろとも、ホーリィ&ゴーストは忘れ去られるって訳ね」

「そういうことだ」

取り引きでもなんでもなかった。これはただの命令で、逆らったら彼女は消されるだけだ。

ため息をついて、うなずいた。

そして、おずおず、という調子で話し出す。

「あのう、実はですね。まだ黙ってた犯罪が一個あるんですけど?」

「——なに?」

「何をしたんだ?」

「実はですねぇ——」

へへ、と彼女は笑いながら、

「自転車を盗もうとしたんです、あたし。あ、でも結局は盗めなくって」

へへ、と照れたように笑う。

「あたしが、自分からやろうとした犯罪ってそれだけなんですよ。これのせいで、罪が重くなったりしますかね?」

濱田はおどけたように首を傾けた。

誰も答えなかった。

3.

……そして一ヶ月後、彼女は連中の筋書き通りに解放されることになったが、そのときには取り囲んでいた報道陣はまったく姿を消していた。

事件は結局、企業間の産業スパイ合戦みたいなドメスティックなものとして整理され、自分たちの利益は二の次で、ただ暴れ回ることが目的という男女二人組の強盗団のような馬鹿げた話は綺麗に、なかったことになってしまっていた。

看守に「釈放です」と言われて、彼女は立ち上がる。

（あー、でも、これからどーしょっかね。行くトコないわよ、あたし——）

と思いかけて、ん、と彼女はあることに気が付いた。

「釈放って——たしか身元引受人とかいるんじゃなかった？」

質問したが、彼女を案内している婦人警官は返事をしなかった。きっと彼女のことを馬鹿にしきっているのだろう。

指示されるまま書類にサインして、そして彼女は外に出た。

「…………」

門から少し離れた所に、一人の男が立っていた。髭面《ひげづら》の、中年男に見える格好をしている。

彼女は無言で、男の前に立つ。

「…………」

男の方も彼女を無言で見ている。

「…………」

「…………」

しばし、意味のないにらめっこが続く。

二人とも仏頂面である。憮然《ぶぜん》としている。やがて、彼女の方が「ふううう」と長いため息をついて「ん？」と男が眉をひそめたその瞬間、
ぱぁん、
と男の頬が見事に鳴った。

はたかれて、男がちょっとよろめく。付け髭がずれたので、あわてて直した。

「──な」

「なにする、って言いたいわけ？」

彼女はふん、と鼻を鳴らした。

「あんたが、あたしのこと殴りたいって顔してるから、こっちが先に殴ってやったのよ」

「──あのなあ」

髭を押さえつけながら、男──結城玲治は文句を言った。

「怒るなら自分の理由で怒れ。人のせいにするな」

「はん、さぞ満足でしょうね？　あんたの言った通りになったんだからね。あんだけ大騒ぎしといて——結局なんでもねーことにしかなんなかったわよ、へっ」

「いいから、とにかく来い」

彼は彼女の手を引っ張って、駐車場まで連れてきた。

「ほれ」

と停めてあったバイクに積んでいたヘルメットを彼女に渡す。

彼女はそれを被るでもなく手にしたまま、周りを見回す。

「なんか——駐車場よね。あんたと二人になる場所って」

「今度はスクーターじゃないぞ」

「でもそれ、やっぱし盗品でしょ？」

彼女は結城のバイクを指差す。すると彼は顔をしかめて、

「買ったんだよ」

と言った。

「へぇえ？　ドロボー名人のあんたが？」

絡むように言われたので、彼は、

「ああ、おかげさまでな。すっかり俺もカタギに元に戻っちまったよ。学校にも何事もなかっ

たのよーに通ってて、あんたの狙い通りだよ。一人で勝手に取り引きしやがって――そっちこそ、さぞ満足だろうよ」

と、ふてくされたように言った。

彼女はこれに聞こえないふりをして、バイクの後ろに腰を乗せた。

「あんたは乗んないの？　ん？」

ぱんぱん、とシートを叩いてみせる。

ちっ、と彼は舌打ちして、自分のヘルメットを被ると、その下から付け髭をずるっ、と引っこ抜いた。

「芸のない変装よねえ。それって、あたしたちがホテルに泊まっていたときのヤツと一緒じゃないのよ。警察にそれで顔出して、バレたらどーするつもりだったのよ？」

「バレるわけねーだろ。知られてないんだから」

「だから――」

と言いかけて、濱田は口をつぐむ。

だから、自分がそれを自白していたらどうするつもりだったのか、と質問しようと思ったのだが、なんだか――彼はそんなことを考えもしなかったようなのだ。

（これって、どういうことなのかしら？　えっと――）

と彼女が黙っている間に、彼はバイクに乗り、彼女はその背中に手を回して、そして二人は走り始めた。

五分ほど走った後で、おもむろに彼女が訊ねる。

「あのさあ――素朴な疑問なんだけど、このバイクの代金とか、あたしを牢から出した保釈金とかゆーの、どっから出したわけ?」

「あ?」

「スリムの残した金、全部なくなっちゃったんじゃないの?」

彼女がそう言うと「ひひひ」と意味ありげな笑いが返ってきた。

「確かにそいつはなくなった――投資したからな」

「は? 投資?」

「スリムに色々と世の中の裏の事情を教えてもらっただろう――使わない手はねーだろ」

「………………」

彼女は少しのあいだ、ぽかんとしていたが、やがて呆れたように鼻を鳴らした。

「誰がカタギに戻ったって? やっぱり悪党ねぇ、あんたは!」

「お互い様だ」

……ところで、今の彼ら二人を何と呼ぶべきだろうか?

少なくとも、ホーリィ&ゴーストというものはもうこの世に存在していない。

相棒というには、やることはまだ何も決まっていない。

友だちというには、ちと関係が深すぎる。

恋人というには、お互いに何も言い合っていない。

ただし――お互いに、それぞれ代わりになる存在がいないことだけは確かなようだった。

「ああ、そうだ――そういえば」

彼は言いかけて、そこでちょっと口をつぐんだ。

そういえばあのとき、あの騒ぎの中で、俺はブギーポップに会ったんだぜ、と言おうとして、そう言ったら彼女がどう答えるだろうと考えたのだ。

驚くだろうか？

喜ぶだろうか？

それとも――〝何馬鹿なこと言ってんのよ？〟と極めて常識的に呆れるだろうか？

どれでもありそうだし、どれもありそうでない。

彼女が何を考えているのか、彼にはやっぱり、さっぱりわからないままだった。ニヤニヤ笑いが自然に顔に浮かんできた。

「どしたの？　なに笑ってんのよ？」

彼女が訊いてきた。とりあえず彼は首を振って、

「いいや、なんでもねー」

と言った。

「何よ、訳知り顔で?」

「教えてやらねー」

「あんたって、結局そーゆーヤツよね!」

彼女は、後ろから彼の頭を力を込めて小突いた。

「あてっ!」

行き先の決まっていない二人乗り《タンデム》はその衝撃で、ふらっ、と少しばかりよろめいた。

"Holy and Ghost are steeped in plastic crimes" closed.

『キミがイイと言えばボクはダメと言い、キミがトマレと言えばボクはススメと言う』

――――レノン、マッカートニー〈ハロー・グッドバイ〉

あとがき——イッツ・オンリー・ロール・アンド・ロール

「わかっちゃいるけどやめられない」という言葉があるが、これは本当だろうかとか思うことがある。というのも、たとえばこれは煙草が身体に悪いので禁煙をしなきゃと思っているけど、でもどうしても喫《す》ってしまうとか、そういうときに使う言葉だと思うが、これは本当に「わかっている」ことになってんのかなー、とか思うのである。我が身を振り返ってみればこのような現象はいくらでもあり、受験生だった頃の私は「勉強しなきゃいかんことはわかっているんだ。わかっているんだが——」とか思いながら予備校の講義をサボっては本屋で少女マンガなどを立ち読みしていたのであるが、本当にあんときの私は「勉強の重要性」を理解して、それに対してあえて抵抗していたのだろうか？　抵抗する理由なんかあったか？　そりゃあ確かにマンガは面白くて魅力的ではあったが、それに積極的な意味を見出だせるほど真剣に読んでいたわけでもなく、何百巻と読んだために一作一作のタイトルもろくに思い出せない。「わかっている」はずの勉強の重要さの代償にするには、それはずいぶんといい加減な態度ではある。勉強から逃げたかったのだろうとか言えばそうなのだが、しかしなんで逃げたいのか、その辺もよく考えてみればわからない。わかんないくせに結局、不毛なことを延々と繰り返していたわけである。前進もせずに、おんなじ所をぐるぐると回り続けていた。

ところでそういう態度というのは端から見ていると「なにアレ？　馬鹿？」ということになるようだ。同じ所をぐるぐる回っている様というのは、冷静な第三者的視点から見たら徒労や愚行に他ならないだろう。ところがどっこい、人生の成功というのはほとんどがこういう「おんなじ所をぐるぐる」の繰り返しを上手くやれるようになることなのだ。たとえば野球選手は毎日おんなじようにヒットやホームランを打てるように努力しているし、セールスマンは契約をムラなく毎日取れるようになるのが目標のノルマであり、ラーメン屋の人も日々変化する素材の善《よ》し悪《あ》しに左右されずにいつも「これだ」というスープの味を同じに保つようにしているわけである。同じであり続けるというのはなかなか大変なのだ。何言ってる、そういう前向きな継続と、無計画な逃避をごっちゃにするなという声が聞こえてきそうだが、同じことを維持しようという性質において、この二つにはさほど差はないのではないかと思ったりするのである。人間というのはそんなに割り切りが多い生き物でもないと思うので、あることに対する態度決定は他のことにも影響を及ぼしているはずなのである。弱さのために空転するのも、強さから留まろうというのも、行動としては同じかもなー、とか。別にこれは努力は徒労で虚しいという話でもない。同じであれば、そこで強さ弱さを問うても仕方ないんじゃないか、とか、人間というのはそういうもんなんだと割り切って、日々の変化のない生活もそれ自体が悪いのではなく、問題はその空転の中でも意志を持って向かうこともできるということではないか。

しかし人間はそうでも、世界の方はそうではない。世界には安定とか無変化などというものは基本的にない。変わり続けるのが本質であり、日々の退屈な生活というのはそれ以前からの「同じ所にいよう」という努力の余り物みたいなもんなのである。同じコトを繰り返していこうとしていたのに、それが変化してしまってただの退屈で抑圧的なものになってしまうのは、どうしようもないが事実である。そういうときはむしろ、同じコトを取り戻すために自ら再び空転の道を選ぶしかないのかも知れない。たかが同じコト、されど同じコトというか。流転する世界の中で空転するのが人生というか。なんか自分でも「おまえ、なに言ってんのかわかってるのか」という感じになってきたが、これもよく考えるといつものことではあった。転がっているなあ人生。なんもわかんねーけど、やめられねーんだよなー。ああメンドクセ。以上。

BGM "Breed" by NIRVANA

（しかし――やっぱり何かから逃げてるよーな気がするんだが……）
（まあいいじゃん、つーことにしとけ）

◉上遠野浩平著作リスト

「ブギーポップは笑わない」（電撃文庫）
「ブギーポップ・リターンズ　VSイマジネーターPart1」（同）
「ブギーポップ・リターンズ　VSイマジネーターPart2」（同）
「ブギーポップ・イン・ザ・ミラー「パンドラ」」（同）
「ブギーポップ・オーバードライブ　歪曲王」（同）
「夜明けのブギーポップ」（同）
「ブギーポップ・ミッシング　ペパーミントの魔術師」（同）
「ブギーポップ・カウントダウン　エンブリオ浸蝕」（同）
「ブギーポップ・ウィキッド　エンブリオ炎生」（同）
「冥王と獣のダンス」（同）
「ブギーポップ・パラドックス　ハートレス・レッド」（同）

本書に対するご意見、ご感想をお寄せください。

■

あて先

〒101-8305 東京都千代田区神田駿河台1-8 東京YWCA会館
メディアワークス電撃文庫編集部
「上遠野浩平先生」係
「緒方剛志先生」係

■

電撃文庫

ブギーポップ・アンバランス

ホーリィ＆ゴースト

上遠野浩平《かどのこうへい》

発　行　二〇〇一年 九 月二十五日　初版発行
二〇〇一年十一月 十 日　再版発行

発行者　佐藤辰男
発行所　株式会社メディアワークス
〒一〇一-八三〇五 東京都千代田区神田駿河台一-八
東京YWCA会館
電話〇三-五二八一-五二〇七（編集）
発売元　株式会社角川書店
〒一〇二-八一七七 東京都千代田区富士見二-十三-三
電話〇三-三二三八-八六〇五（営業）
装丁者　荻窪裕司（META＋MANIERA）
印刷・製本　加藤製版印刷株式会社
落丁・乱丁本はお取り替えいたします。
定価はカバーに表示してあります。

Printed in Japan
ISBN4-8402-1896-X C0193

電撃文庫創刊に際して

文庫は、我が国にとどまらず、世界の書籍の流れのなかで〝小さな巨人〟としての地位を築いてきた。古今東西の名著を、廉価で手に入りやすい形で提供してきたからこそ、人は文庫を自分の師として、また青春の想い出として、語りついできたのである。

その源を、文化的にはドイツのレクラム文庫に求めるにせよ、規模の上でイギリスのペンギンブックスに求めるにせよ、いま文庫は知識人の層の多様化に従って、ますますその意義を大きくしていると言ってよい。

文庫出版の意味するものは、激動の現代のみならず将来にわたって、大きくなることはあっても、小さくなることはないだろう。

「電撃文庫」は、そのように多様化した対象に応え、歴史に耐えうる作品を収録するのはもちろん、新しい世紀を迎えるにあたって、既成の枠をこえる新鮮で強烈なアイ・オープナーたりたい。

その特異さ故に、この存在は、かつて文庫がはじめて出版世界に登場したときと、同じ戸惑いを読書人に与えるかもしれない。

しかし、〈Changing Time, Changing Publishing〉時代は変わって、出版も変わる。時を重ねるなかで、精神の糧として、心の一隅を占めるものとして、次なる文化の担い手の若者たちに確かな評価を得られると信じて、ここに「電撃文庫」を出版する。

1993年6月10日
角川歴彦